DOBLE ASESINATO EN LA ABADÍA

JACQUELINE MIRANDE

ediciones sm

Dirección editorial: M.ª Jesús Gil Iglesias
Colección coordinada por Marinella Terzi
Traducción del francés: Evelyne Tocut
Ilustración de cubierta: Antonio Lancho
Diseño de la colección: Alfonso Ruano y Pablo Núñez

Título original: *Double meurtre à l'abbaye*

Joaquín Turina, 39 - 28044 Madrid

Comercializa: CESMA, SA - Aguacate, 43 - 28044 Madrid

ISBN: 84-348-6781-8
Depósito legal: M-34644-1999
Preimpresión: Grafilia, SL
Impreso en España / *Printed in Spain*
Imprenta SM - Joaquín Turina, 39 - 28044 Madrid

I

Un cadáver inesperado

THOMAS *EL ROJO*, llamado así por su cabellera pelirroja como el fuego, avanzaba silenciosamente entre los helechos. Tanto el anochecer como el tiempo desapacible de noviembre oscurecían el bosque y le infundían cierto miedo. Como suele ocurrir en la proximidad de las tierras roturadas recientemente, los claros iban multiplicándose de modo peligroso en las cercanías de la abadía de Hautefage.

Pese a todo, se obstinaba en dedicarse a la caza furtiva en aquel lugar, pues los monjes hacían la vista gorda, contrariamente a su poderoso vecino, el señor del vizcondado de Pleaux. Más valía no internarse en sus tierras, vigiladas por los hombres del preboste Guillaume Taillefer [1]. El preboste tenía un apellido que le venía como anillo al dedo, ya que era duro con los pobres y poseía un corazón de piedra. Thomas escupió para descargar el asco que le producía.

Después, se metió detrás de un enorme enebro. Había puesto una trampa. ¿Habría caído algún conejo? Eso esperaba. Le atenazaba el hambre, al igual que a muchos en aquella época de hambruna.

Desde que, en las estribaciones de los montes de Auvernia, se habían reanudado las incursiones militares del rey Enrique II de Inglaterra, duque de Aquitania por su matrimonio con Leonor, las bandas de mercenarios invadían los campos. Bandidos, y también soldados, robaban bienes, rebaños y cosechas; prendían fuego a las casas; atosigaban a los pueblos; extorsionaban cuanto podían en las abadías, un día aquí, otro allá. Caían repentinamente sobre la gente, como granizo que arrasa una viña y deja otra a salvo, sin que nadie supiera por qué.

---

1 *Taillefer* significa, aproximadamente, 'tallaferro' o persona dura, capaz de romper el hierro. *(N. T.)*

Al pensarlo, Thomas *El Rojo* palpó con presteza la medalla de cobre de san Donato, que protege contra el rayo, y que llevaba en la bolsa colgada de sus anchos calzones, bajo una gruesa túnica de burdo algodón. La tenía guardada junto con un clavo oxidado, un trozo de cáñamo y una hoja de navaja mellada.

La trampa estaba vacía. Thomas suspiró. Los conejos eran cada vez más listos, o quizá ellos también huían de los soldados. Fue en aquel momento cuando vislumbró el gran bastón de los peregrinos de Santiago, el bordón, caído en la hiedra como leña seca. No colgaba de él ninguna talega, ni ningún odre, ni siquiera vacío. Thomas lo lamentó; sin embargo, el bastón podía serle útil y lo cogió.

Se quedó pensativo. ¿Qué peregrino era capaz de olvidar así el bordón que le sirve de insignia? Luego divisó los caballos detrás de los zarzales, a tres codos de donde él se hallaba. Eran dos hermosos animales, caballos dignos de un señor. Poco faltó para que tropezase con ellos. Pero ¿dónde estaban los jinetes?

Apartó despacio las zarzas, miró con sigilo y se echó bruscamente para atrás, asustado, al pensar que podrían sorprenderlo. Los dos jinetes sacaban fuera de un matorral el cadáver de un peregrino; aún conservaba colgado del cuello su sombrero adornado con una concha. ¿Lo habrían matado? ¿Y adónde se lo llevaban? Porque, en aquel instante, estaban arrastrándolo.

Su curiosidad pudo más que su miedo y Thomas *El Rojo* decidió seguirlos e intentar ver sus rostros. Pero antes escondió el bordón debajo de algunas ramas secas. Quería asegurarse de volver a encontrarlo.

Los oficios nocturnos estaban concluyendo. Pronto amanecería. De dos en dos, los monjes empezaron a abandonar la capilla, seguidos por los novicios y los hermanos legos.

El abad Arnould se quedó solo, arrodillado en el asiento del coro de madera tallada que le estaba reservado. Era un hombre ya mayor que había tenido mucho poder, aunque, en la actualidad, su espalda se encorvaba, el reuma lo tenía casi inmovilizado y experimentaba a veces un sentimiento de cansancio tan hondo que planeaba dejar su cargo. Volver a ser un simple fraile, no tener ya que discutir, administrar. Poder rezar en paz...

Vio al hermano Jérôme saliendo el último de la capilla. Era el portero de la abadía. Dentro de un rato, iba a abrir de par en par las puertas del primer recinto para que los feligreses, llegados de toda la región, pudiesen asistir a la misa solemne con la que se iniciaría la gran fiesta votiva de San Martín, patrón de la abadía de Hautefage. Muchos peregrinos acudirían para quedarse toda una semana, al igual que los mercaderes venidos para la feria. Y también los juglares y los ladrones...

El abad reprimió un suspiro. Los ladrones no eran lo peor. La guerra, con su séquito sombrío de violaciones, muertes, incendios, hambruna: ésa era la verdadera plaga, la bestia del Apocalipsis. El abad reanudó sus oraciones. ¡Ojalá el día de fiesta fuese al menos un día de paz!, aunque san Martín hubiese sido en su época un soldado.

Mientras el abad seguía rezando, fray Jérôme, secundado por dos ayudantes de armas que el preboste le había dejado para la ocasión, acababa de abrir las pesadas hojas de madera de la puerta principal que separaba el recinto común de la abadía del que estaba reservado únicamente a los religiosos. Sólo se abría una vez al año, para la fiesta de San Martín. El resto del año, una puerta más pequeña era suficiente para el tránsito de monjes y visitantes.

En el recinto común se hallaban la hospedería, las caballerizas, las dependencias para guardar las herramientas y las reservadas a los sirvientes laicos que ayudaban en el mantenimiento de los edificios. Los graneros, con sus reservas de cereales y heno, los rediles y las porquerizas estaban más alejados, al otro lado del río, allí donde empezaban las extensas tierras de la abadía y el monasterio de San Martín. Éste era uno de los más importantes y prósperos de ese país en los confines de Auvernia, en los que se mezclaba la rudeza de la montaña cercana con la suavidad de las llanuras soleadas.

Mientras dirigía la maniobra de apertura de la última hoja, fray Jérôme escudriñó el cielo con aprensión: amanecer rojo, señal de viento y lluvia. La fiesta no tendría tanto éxito como la del año anterior, en el que hizo un auténtico tiempo de verano y no llovió. Milagro de san Martín, que sin embargo no podía repetirse cada año, porque, si no, ¿dónde estaría el milagro?

Fray Jérôme tenía mucha fe, pero también sentido común y la solidez un tanto rugosa de los troncos de los castaños a los que subía de niño.

Ahora, la puerta estaba abierta de par en par. Echó una mirada a la izquierda y a la derecha. Apenas había movimiento. Era demasiado temprano. Tan sólo algunas sirvientas somnolientas iban a sacar agua del pozo para sus amas, que dormían en la hospedería.

De repente, fray Jérôme frunció el ceño. ¿Qué hacía ahí ese hombre, tumbado cerca de la puerta, envuelto en su capa y con un sombrero que le tapaba el rostro? Un sombrero que, mirándolo mejor, llevaba la concha de los peregrinos de Santiago. Parecía profundamente dormido. Fray Jérôme dudó un momento si dejarlo dormir un poco más:

si se había tumbado ahí, es que tenía que estar rendido por una larga marcha. Luego, algo anormal en la postura del cuerpo lo incitó a acercarse a observarlo más detenidamente y a levantar ligeramente el sombrero que ocultaba el rostro. Ya no había duda posible, ese hombre no estaba durmiendo, ¡estaba muerto!

Los ayudantes de armas del preboste llegaron también. Uno cogió el cuerpo y lo dejó caer bruscamente como si se hubiese quemado con un tizón.

—Alguien lo ha matado. Mirad vos mismo, hermano.

Jérôme levantó el cuerpo con espanto, y no porque la muerte le asustase, sino porque el pensar que se había perpetrado un asesinato en el mismo recinto de la abadía y en la mañana de la fiesta solemne de San Martín lo llenaba de pavor, como si el príncipe de las tinieblas en persona hubiese firmado el crimen. Sin embargo, se sobrepuso, ordenando con voz firme a los ayudantes de armas.

—Quedaos aquí; impedid que nadie se acerque. Voy a avisar a nuestro abad.

Arnould llegó tan pronto como se lo permitía su reuma, miró también el cuerpo y luego dirigió su mirada al amanecer y a la agitación que iba apoderándose del primer recinto. Las puertas de la hospedería estaban abiertas, los palafreneros se afanaban en las caballerizas; grupos de peregrinos, y también jinetes, se estaban acercando. Entornó los ojos al pensar en el escándalo que el crimen iba a provocar por haber sido perpetrado en un recinto sagrado. Y, además, ¿cometido por quién? ¿Y contra quién?

—Debemos avisar al preboste. Se aloja en la hospedería durante la feria, ¡id a llamarlo! —ordenó el abad.

Cinco minutos más tarde, el preboste acudió. Acababa de atarse el cinturón de cuero y tenía la barba y el pelo revueltos, como una persona a la que han sacado apresuradamente de la cama.

Saludó al abad y se inclinó sobre el cuerpo para examinarlo.

—Golpe de daga asestado por delante. Pero... —dio la vuelta al cuerpo, palpó la capa— dudo que el crimen haya sido cometido aquí. Esta capa está rígida por la sangre. La hierba de alrededor debería estar igual, y, sin embargo, no hay rastro de sangre. Habrán arrastrado el cadáver hasta aquí después de cometer el crimen.

—Ah —dijo el abad, en parte aliviado—, ¡al menos no ha habido sacrilegio! Pero ¿por qué lo han dejado aquí?

—Para que lo vean —respondió fray Jérôme con mucha cordura.

El preboste meneó la cabeza:

—Entonces, se trata de un loco. ¡Quiere que se vea su crimen! Nunca he visto cosa semejante en los cinco años que llevo de preboste, desde que el vizconde Raymond de Pleaux me nombró.

Su conversación en voz baja no había pasado inadvertida. La gente empezaba a acercarse. El preboste hizo una señal a sus hombres para que alejasen a los curiosos.

Un grupo de jinetes entró de repente en el patio con mucho escándalo.

—Raymond de Pleaux —murmuró el preboste yendo prestamente a su encuentro.

El jefe del vizcondado de Pleaux era un

hombre joven, moreno, gallardo, montado en un espléndido alazán. Llevaba con mucha elegancia un abrigo de paño verde orlado de petigrís y adornado con flecos de seda. Lo cerraba un broche de esmalte a la altura del hombro derecho, que permitía vislumbrar, por la abertura lateral, una túnica de seda escarlata. Lucía en la cabeza un sombrero con un galón de oro, adornado con una pluma de pavo real.

Desmontó y, apartando al preboste con ademán displicente, avanzó hacia el abad, al que saludó con cortesía. Luego, vio el cuerpo, frunció el ceño y miró la larga y fina herida al lado del corazón:

—¡Buen golpe de daga! ¡El que lo ha matado no era novel! De todos modos, se ha acabado su peregrinación, fuera camino de Santiago o volviera.

—Seguramente volvía —opinó el preboste—. Nadie emprende camino cuando se acerca el invierno.

El abad atajó con brusquedad unos comentarios que estimaba frívolos en semejantes circunstancias:

—Señores, se trata de un crimen, y uno de los más condenables que existen: el de un peregrino, al que se debe asistir más que a cualquier otra persona.

Raymond de Pleaux hizo un gesto escéptico:

—¡Siempre y cuando fuera realmente peregrino! En estos tiempos agitados, los falsos fieles recorren los caminos.

—¡Un hombre sigue siendo un hombre, y un crimen, también! —dijo Arnould con severidad.

—Exacto —contestó Raymond de Pleaux con desenvoltura—. Y es vuestro deber, abad, recordárnoslo. Sea como fuere, si nadie aquí lo conoce, ¡enterradlo y se acabó! ¿No os parece, amiga mía? —comentó, mirando a una joven que, acompañada por una criada mayor, acababa de reunirse con ellos.

Debajo del turbante estrecho de lino azul que enmarcaba su rostro, tenía unos rasgos de una gran pureza y unos ojos de expresión noble. Su cuerpo delgado desaparecía entre los pliegues de un abrigo de terciopelo escarlata. El escote de su vestido de brocado, ribeteado de armiño, resaltaba la finura de su cuello. Llevaba pesados brazaletes de oro y, en el índice derecho, una sortija adornada con una piedra verde.

—¡Pobre hombre! —dijo, mirando el cuerpo y persignándose—. Dios tenga piedad de su alma.

Luego, de repente, su rostro cambió. Una sonrisa lo transformó. Sus ojos se volvieron risueños:

—¡Guy! ¡Pero si es Guy de Servières!

Dos jinetes acababan de penetrar en el patio de la abadía. Uno, joven, y el otro, algo mayor. Ambos vestían de modo bastante sencillo, casi con pobreza. Sin embargo, sus caballos eran magníficos y el más joven de los dos había adornado su sombrero con una hoja de acebo, cuyos frutos rojos armonizaban con el brillo de sus ojos color avellana. De todo su ser emanaba un aire de fantasía y alegría.

Bajó prestamente de su montura, tendió la brida al otro jinete, que era sin lugar a dudas su escudero, y se dirigió hacia el grupo formado por el abad, el preboste, Raymond de Pleaux y la joven Agnès de Montal.

Saludó en primer lugar a esta última:

—¡Agnès! ¡Qué alegría volver a verte después de tantos años! —Y, con un ademán de disculpa hacia Arnould—: Perdonad mi impulso, abad, pero no ignoráis, vos que habéis conocido a mi padre, que Agnès fue mi compañera de juegos, o, para ser más exacto, fui el compañero mayor, aquel que organizaba sus juegos infantiles. Perdóname también, Raymond, querido primo, que no haya ido todavía a visitarte, pero es que acabo de regresar.

—¿Dónde te has metido todo este tiempo? Lejos, me figuro, pues no hemos sabido nada de ti —dijo Raymond de Pleaux con cierta frialdad.

Guy le contestó con una mirada un tanto burlona:

—¡Ya lo ves, no he muerto! —Luego añadió, observando detenidamente el cadáver que yacía tumbado cerca de ellos—: ¿Y este peregrino? ¿Quién es?

—Nadie parece conocerlo —respondió el abad.

La gente seguía rodeando el círculo que

ellos formaban, pese a los hombres del preboste.

—Dejad que se acerquen. Quizá uno de ellos lo haya visto estos últimos días o haya caminado con él antes de llegar hasta aquí. La fiesta de San Martín y su feria atraen a muchos forasteros.

—Parece pobre —dijo Guy—. ¿Qué pretendían robarle?

—Sin duda, nada —dijo Raymond—. Una pelea entre peregrinos es más frecuente de lo que se cree.

—Pero ¿por qué traerlo aquí? —insistió el preboste.

—Para que lo vean —repitió fray Jérôme.

—O tal vez —comentó Guy meditabundo— para que sea enterrado en tierra cristiana y no se vea condenado a pudrirse en un bosque como carroña.

Raymond miró intrigado a su primo.

—Atribuyes a su asesino intenciones muy nobles. Bien es cierto que todo el mundo te creía en Jerusalén.

—¿Acaso he hablado yo de su asesino? En cuanto a Jerusalén, ¡se dicen tantas cosas!

El preboste Guillaume Taillefer lo observaba. Conque era cierto lo que uno de sus hombres le había contado. El señor de Servières había vuelto. ¿Y dónde diablos se hospedaría? Su castillo había sido reducido a cenizas, le habían confiscado sus tierras, su padre había muerto... El único hombre con el que podía contar era Pons, su escudero, el más fiel de todos.

El preboste meneó la cabeza. Para los señores también eran tiempos difíciles. Los villanos, que se echaban a temblar por cuatro andrajos y un cerdo, no querían entenderlo. Pero ellos, los señores, tenían más que perder en unos tiempos de lealtad incierta, en los que los castillos se tomaban y se perdían según las apuestas y las victorias o las derrotas de los reyes.

Al poco tiempo de ser armado caballero, Guy de Servières lo había perdido todo. Decían que se había visto forzado a participar en torneos para ganar un caballo, o una armadura, y a correr el riesgo de perderlos en el siguiente torneo. Otros hablaban de la Cruzada y de España. El preboste lo encontraba mayor, desde luego, pero seguía conservando el mismo aspecto irritante de despreocupación y esa maldita hoja de acebo pinchada en su sombrero, ¡como si aún tuviera quince años!

El preboste Guillaume Taillefer era hombre de orden. Le gustaba que el día fuese día y la noche fuese noche, que los veranos fuesen calurosos y los inviernos fríos, y que los culpables fuesen castigados. Estar arruinado y alegre al mismo tiempo era como transgredir el orden. Y su frente se arrugaba de disgusto al observar cómo el señor de Servières sonreía a la joven Agnès, la cual respondía a su sonrisa como nadie la había visto sonreír desde que sus padres habían muerto de peste, con escasos días de diferencia. Pese a todo, estaba prometida al vizconde de Pleaux. Los esponsales se celebrarían la próxima Pascua. Era a él a quien debía sonreír. ¡Adónde íbamos a llegar!

—¡Yo conozco a este muerto!

Todas las miradas se fijaron en el chico que acababa de hablar. Tendría unos veinte años. Era de baja estatura y delgado y, por encima de su capa raída, llevaba una vihuela colgada a la espalda. Sus ojos, muy claros en una cara curtida, sorprendían por su inocencia. A su lado, se encontraba una joven envuelta en un manto oscuro cuya capucha se había puesto porque lloviznaba y hacía fresco.

La mirada del joven iba indecisa del vizconde Raymond al abad, como si no supiera a cuál de ellos dirigirse. Raymond lo entendió y se inclinó con cortesía hacia Arnould:

—Vos sois aquí amo y señor. Interrogad pues, abad Arnould.

—Me llamo Jean, pero todo el mundo me conoce como El Pajarillo, porque sé imitar el piar de los pájaros: el gorjeo del herrerillo, el silbido del mirlo, el grito de la úlula, los trinos de la alondra, los...

—Bien, bien —atajó el abad—. Tenemos poco tiempo. Se celebrará la misa solemne dentro de menos de una hora. Vayamos al grano. A este hombre ¿dónde lo conociste?

Pareció desconcertado.

—Lo conozco sin conocerlo realmente, como conocemos a aquellos con los que se comparte camino durante algunos días. Como veis, señor abad, soy juglar, recitador de poemas, cantante también. Voy de castillo en castillo, de feria en feria con ella, que también canta y baila —señalaba a la chica que estaba de pie, a su lado.

La chica hizo un breve ademán con la cabeza que podía interpretarse como un saludo. Guy de Servières la observaba: la tez oscura, aunque luminosa, los ojos negros, demasiado grandes en su cara enjuta, le recordaban a algunas mujeres que había conocido en España cuando fue a luchar contra los moros de Córdoba. Lo cual confirmó El Pajarillo:

—Se llama Flor y es española. —Como el abad empezaba a mostrarse impaciente, añadió rápidamente—: Compartíamos el mismo camino con el peregrino muerto. Ni sé cómo se llamaba, ni de dónde venía, quizá de Compostela. Era un hombre parco en palabras. Sin embargo, hace dos días, cuando estábamos alojados en el hospicio de Beaulieu, parecía diferente, menos serio. Y, como me burlaba de él acerca de la dama que, seguramente, lo estaría esperando y le devolvería la sonrisa, me respondió que la dama que iba a ver no lo esperaba y que lo que le tenía que decir le quitaría, con toda seguridad, las ganas de sonreír; pero que tenía que cumplir con un deber hacia un muerto. Creí que se trataba de una suerte de misión de justicia porque dijo...

Guy se dio cuenta del movimiento casi imperceptible de la mano de la chica que tocó el brazo del juglar. Éste se calló de inmediato.

—¡Anda, sigue! ¿Qué dijo? ¡Habla! —ordenó Raymond de Pleaux, que le había escuchado atentamente.

El chico parecía ahora totalmente desconcertado. Se volvió hacia Arnould:

—Ya no me acuerdo, señor abad. Todo se mezcla en mi cabeza. Si hubiera imaginado que alguien iba a asesinarlo —añadió con ingenuidad—, ¡me habría fijado mejor en lo que dijo!

—No sacaréis nada más, abad —dijo Raymond irritado—. ¿No os dais cuenta de que es de cortos alcances?

Jean *El Pajarillo* agachó la cabeza mientras la chica miraba con bastante insolencia a Raymond de Pleaux.

—No puedo seguir —dijo Arnould—. Pero no te alejes. Te interrogaré mañana, cuando las ceremonias hayan concluido; en vuestra presencia, si lo deseáis, señor de Pleaux. Pues, contrariamente a lo que vos pensáis, yo tengo la certeza de que este chico nos puede revelar aún muchas cosas acerca del muerto.

Se alejó rápidamente seguido de fray Jérôme. Iba a pasar la tapia de la abadía, cuando una voz potente le hizo darse la vuelta.

—¿Mi presencia te asusta, señor abad? ¡Por una vez que voy a misa! ¡Deberías agradecérselo a Dios!

—Se lo agradezco —contestó el abad sonriendo ligeramente—, pues, Hugues de Merle, tienes que saber que no hay pecador, por muy grande que sea, al que su Divino Hijo no haya venido a salvar.

—Amén —respondió Hugues de Merle—. La señora de Pleaux, mi hermana, debe rezar también por mí en su convento de monjas en el que, a pesar mío, lleva encerrada cuatro años.

Luego volvió su imponente esqueleto de hombre de cuarenta años metido en carnes hacia el grupo que rodeaba al muerto. Al ver que Raymond y Guy se hallaban al lado de Agnès de Montal, exclamó:

—¡Vaya, gallitos! ¿Cortejando a la misma gallina? ¡Se presiente la pelea! ¡No te sonrojes, chiquilla, podías haber tenido peor suerte! ¡Gallardos caballeros son mis sobrinos! —Posó su enorme mano con guante de cuero en el hombro de Guy—: Me alegro mucho de volver a verte, Guy de Servières. Mi guarida de maleantes, allí arriba en mi roca, estará abierta siempre para ti. No quiero desanimarte, pero dudo que encuentres otra.

Y miró con ironía la cara de Raymond de Pleaux, que de pronto se había vuelto sombría. Luego, se inclinó y observó un momento el cadáver del peregrino:

—La daga que asestó el golpe no era el arma de un villano, aunque quien la sujetaba fuese un cobarde.

—¿Un cobarde? —exclamó Raymond—.

¿De dónde sacáis esta conclusión? Lo mataron de frente.

—De frente, sí, pero por sorpresa, pues no se defendió. Ningún desorden en su vestimenta, ningún rasgón en su ropa, muy gastada ya, por cierto. Será que conocía al que lo mató y que éste lo hizo, repito, como un traidor. —Miró de nuevo al muerto y esbozó una sonrisa—: ¡Un canalla menos, por muy peregrino que fuese! Ésta es mi oración.

Se alejó dejando a sus sobrinos y a Agnès estupefactos. Ésta dijo en voz muy baja:

—¿Qué ha querido decir? ¿Pensáis vos que...

—¿Que lo conocía? —acabó la frase Guy—. ¡Su fama de bandido no parece haber mejorado!

Raymond se encogió de hombros:

—Le atribuyen más de lo que hace. Ataques a algunos ricos mercaderes que se atreven a pasar cerca de su nido de águilas. Por fuerza, sobre todo los venecianos, pues es su camino para acudir a las ferias de Aquitania. Las especias valen una fortuna, nuestro querido tío no puede resistir la tentación. Te habrás dado cuenta de que nuestro preboste ha preferido desaparecer antes que tener que saludarlo. El señor de Merle es una constante afrenta a la ley.

—Me da miedo —dijo Agnès—, con su barba desgreñada, sus casacas de piel de ciervo y su navaja de caza que lleva siempre en el cinto. Incluso hoy, día de gran fiesta, va vestido como si fuese a la caza del gamo, y no lleva espada.

—Y eso que tiene muchas y de gran valor. Me acuerdo de haberlas visto y admirado de niño.

La doncella de la joven dama de Montal, que había permanecido callada hasta ese momento, dijo bruscamente:

—El señor de Merle fue un gallardo caballero, recto y valiente, y, aunque se haya convertido en bandido después, no ha cambiado tanto. Lo sé. Hemos bebido de la misma leche.

—¿Y por qué te has quedado atrás, tú que siempre lo defiendes? Ni siquiera te ha visto —la regañó Agnès.

—Pero yo sí que lo he visto, y eso me basta.

Fueron juntos hacia la iglesia de la abadía, cuyas puertas acababan de abrirse. La multitud la invadía ya. Guy buscó con la mirada a la joven española que acompañaba a Jean *El Pajarillo,* pero ya no estaban allí. Se propuso encontrarlos e interrogarlos antes que el abad.

En una esquina de la nave lateral, medio escondido detrás de una columna, Thomas *El Rojo* estaba reflexionando. Había escuchado toda la discusión desde lejos, por prudencia debido a la presencia del preboste, y volvía a pensar en la frase de fray Jérôme. Quizá tuviera razón: habían desplazado el cuerpo para que se viera. Pero ¿por qué era tan importante que se viera? Con eso no había avanzado mucho, aunque tuviese una pista que el fraile portero no tenía; pues él, Thomas *El Rojo,* sabía de quiénes se trataba.

II

La feria de San Martín

La feria de San Martín era la última feria importante antes de la llegada del invierno. Se celebraba en tierras de la abadía de Hautefage, si bien en las proximidades del pueblo de Miegemont, que dependía de los vizcondes de Pleaux. Aquello era fuente de numerosos conflictos entre abades y vizcondes para determinar quién debía percibir las tasas impuestas a los mercaderes y quién debía encargarse del orden.

Era una feria que aportaba pingües beneficios, una feria en la que se solían tratar muchos negocios y a la que acudían, desde muy lejos, importantes mercaderes. Sin embargo, la reanudación de la guerra, con sus consabidos estragos, la escasez de dinero, la inseguridad de los caminos, todo contribuía a que, aquel año, muchos emplazamientos permaneciesen vacíos. La gente, que se agolpaba al salir de la misa de la abadía, iba de un puesto a otro, visiblemente decepcionada, aunque hubiese venido a mirar más que a comprar.

En los tenderetes de madera, levantados apresuradamente, se refugiaban principalmente humildes revendedores. En los bancos de los vendedores de paño, las piezas de blanqueta o bruneta, burdamente tejidas y teñidas de un azul triste tirando a gris o de un marrón apagado, no tenían ningún realce tornasolado escarlata o de paño fino de Flandes. Los peleteros ofrecían sobre todo pieles de conejo, gato o cordero, antes que de petigrís, marta o armiño.

Aunque se encontrasen de vez en cuando algunos hermosos calderos de cobre, algunas cucharas de plata, algunas copas de Fougères, las vasijas eran, en su mayoría, de estaño, las sartenes de hierro y las cucharas de latón. Apenas había especias. Se vendían algunos panes de sal y azúcar así como pequeños barriles de jabón. Y, aunque la llovizna hubiese cesado, el cielo permanecía gris.

Después de la misa mayor y la procesión, Guy de Servières había seguido a la muchedumbre, en parte por aburrimiento y, también, por no seguir pensando en Agnès, que había salido de la iglesia en compañía de Raymond. No era con él con quien debía casarse cuando se había ido, sino con Géraud, el primogénito de Pleaux. Un matrimonio arreglado desde la cuna y que la muerte de Géraud, durante una caza, apenas modificó. Raymond se convirtió en el heredero del vizcondado. Ahora ella se casaría con él. ¿Y por qué no? ¿Por qué experimentar un sentimiento inútil sobre un juego injustamente distribuido? Aquella amargura, tan inusual en él, se debía también al hecho de que ambos estuviesen invitados al banquete ofrecido por el abad con ocasión de la fiesta, mientras que a él no le habían convidado. Procuraría hacerse a la idea.

¿Qué se había figurado, volviendo así, inesperadamente, tras cinco años de ausencia? El rey inglés era muy rencoroso y reinaba en Aquitania como dueño y señor. Guy seguía siendo un enemigo, un fuera de la ley cuya compañía no podía sino acarrear problemas a quienes se atreviesen a tener trato con él. El único que lo había invitado, dato harto revelador, era Hugues de Merle, un bandido que se reía de Dios y del diablo.

Al tiempo que echaba una mirada distraída a los puestos, Guy se decía que su escudero Pons era más sensato que él. Lo había intentado todo para que no volviera a Servières y tenía razón. Su inopinado regreso era una locura.

¿Y qué quería volver a ver?

¿Acaso el castillo en el que había crecido, convertido, en pocos años, en una ruina con las paredes derruidas, la torre del homenaje arrasada, invadido por la maleza, las malas hierbas y la yedra, y el bosque muerto?

Sus tierras y sus bosques, todo confiscado, entregado a su apuesto primo Raymond de Pleaux, en recompensa por la sabia elección que había hecho el padre de éste al apostar por el rey Enrique de Inglaterra, vencedor de la guerra.

En cuanto a su padre, el padre de Guy de Servières, lo había perdido todo, hasta la vida, por conservar su lealtad a Felipe, rey de Francia.

Ésa era la ley despiadada de los tiempos que corrían. A uno sólo le quedaba doblegarse o irse a combatir a otros países, para otros reyes; y eso era lo que había hecho.

Y ahora, con un tiempo frío, bajo un cielo gris, que era sin embargo el de su país, se veía echando de menos las lomas rojizas de Aragón, los vientos abrasadores de los veranos de Castilla que levantaban tolvaneras ocres de las tierras resecas, y Toledo, y Zaragoza, que había ayudado a reconquistar contra los moros junto a las tropas del rey Sancho... Existían otras cruzadas aparte de las de Jerusalén...

Al pensar en España, volvió a la realidad y a la joven que acompañaba al acróbata y juglar. Se había propuesto interrogarla antes que el abad.

Buscó su barraca en la parte de la feria reservada a los cómicos, charlatanes y prestidigitadores. No estaba allí, sino más al centro, cerca de la tienda del único cambista que se había desplazado, cuando, por lo general, solían venir cinco o seis, y a veces incluso lombardos.

Guy se aproximó. Jean *El Pajarillo* estaba cantando, punteando las cuerdas de su vihuela. Una vihuela como la que utilizaban los cantantes moros de Córdoba y que ellos llamaban «guitarra»; aunque él cantaba en lengua de oc una endecha de amor famosa ya en el sur. Hablaba de amores lejanos y de felicidad perdida, de tristeza y de inviernos gélidos...

Hubo murmullos entre la gente que estaba escuchando.

—Oye, compadre —gritó alguien—, ¿no sabes nada más alegre? ¡Hace suficiente frío como para que nos hables de heladas! ¡Cántanos una pastorela o imítanos cantos de pájaros!

Jean *El Pajarillo* pareció salir de un sueño. Lo mismo que cuando se despierta bruscamente a un niño. Sus ojos parpadearon.

—O, si no —se oyó otra voz entre el público—, haz bailar a la joven de la pandereta. ¡Ella es alegre, y su danza también!

Pero la joven no estaba. Jean *El Pajarillo*

posó su guitarra en el suelo y empezó a imitar el canto de la oropéndola. Guy ya no escuchaba. ¿Dónde estaría la compañera de El Pajarillo, a la que había llamado Flor? La chica intrigaba a Guy y le traía, además, recuerdos de España... Tuvo ganas de interrogarla acerca del peregrino asesinado. ¿Por qué había obligado a El Pajarillo a callar? ¿Y qué era lo que había estado a punto de revelar?

Dio la vuelta a la barraca sin encontrarla. Justo cuando iba a renunciar a buscarla, la divisó bastante lejos, cerca del río que bordeaba los campos de la abadía.

¿Qué hacía allí, sola, mirando al agua turbia, casi amarilla, como suele ocurrir después de fuertes lluvias?

Guy se acercó. Era imposible que ella no lo hubiera visto; sin embargo, no se movió. Tal actitud le molestó. Pese a todo, se esforzó por decir con amabilidad:

—Ya que vienes de España, este país debe parecerte, al igual que a mí, triste y gris.

—Lo es —repuso ella sin siquiera volver la mirada hacia él.

—¿No echas de menos el sol?

—El sol no lo es todo.

Y apartó un mechón de pelo que le tapaba la mejilla.

La irritación de Guy iba creciendo. Se decidió a atacar de frente:

—¿Por qué, esta mañana, no has dejado que tu compañero respondiese al abad?

Esta vez, la muchacha se dio la vuelta con tal brusquedad que Guy se sorprendió.

—Si lo has notado, es que tienes buenos ojos. Aunque esta mañana estaban más alegres, tan alegres como los frutos del acebo que adornaba tu sombrero. El color rojo es bonito.

El comentario lo desconcertó. ¡Qué chica más extraña!

—No has contestado a mi pregunta.

Ella se encogió de hombros.

—¿Y tú por qué te ocupas de ese crimen? Eres de aquí sin serlo. Esta mañana he oído lo que la gente decía de ti; ya no te queda nada, y mañana volverás a marcharte para luchar en España o en otro país. Así que ¡deja que el monje y el señor de la pluma de pavo real se las arreglen con ese asunto!

—Sigues sin contestarme. ¿Por qué le has obligado a callar?

Ella dijo con repentina violencia:

—¿No lo has visto? Es como un niño, ingenuo, confiado. No ve el mal. Yo, sí. Lo he visto las suficientes veces como para reconocerlo incluso en un hombre de Dios, incluso en un señor. ¡Que busquen solos al que mató al peregrino y que nos dejen tranquilos!

—Entonces tenías que haber impedido que dijera que conocía al muerto.

—¡No me ha dado tiempo! Estaba muy excitado, te repito, como un niño. No tiene ni pizca de malicia y es bueno.

Su voz se había vuelto casi tierna y sus ojos brillaban.

—¿Qué hará mañana, cuando el abad vuelva a interrogarlo?

Se echó a reír.

—¡No lo interrogará! Mañana nos habremos ido.

—¿Por qué me lo cuentas?

—Porque sé que no nos delatarás. ¿Dónde luchabas en España? En Castilla con el rey Alfonso, o en Aragón con el rey Sancho?

—Peleé con ambos.

—Contra los moros, mi pueblo —se encogió de hombros otra vez—. Hace frío cerca del río. Es mejor andar un poco.

La siguió.

Al salir de misa, Thomas *El Rojo* no fue a la feria. Tenía demasiada prisa por recuperar el bastón de peregrino que había escondido la tarde anterior. Ahora que se había descubierto el crimen, mejor era no verse mezclado. Ya se sabía cómo era la justicia de los señores: más presta para castigar al débil que al fuerte, ¡y de qué manera! ¡La mano cortada por robar dos puñados de trigo!

Aquella mañana, todos los habitantes del pueblo estaban en la feria. Nadie lo seguiría ni lo vigilaría. Para él, encontrar el escondite era un juego de niños. Conocía aquella parte del bosque como la palma de su mano: ¡la de veces que se dedicaba allí a la caza furtiva...!

Al llegar al montón de leña seca que disimulaba el bastón, apartó las ramas y lo cogió. Luego, lo examinó con satisfacción. Era un buen bastón, de cornejo o de fresno, sin duda. Una de esas maderas blancas lisas, ligeras y resistentes, lentas en pudrirse y que se sostenían perfectamente en la mano. A pesar de todo, su longitud lo traicionaba, era un bastón de peregrino: bastaba con cortarlo.

Lo examinó de nuevo y frunció el ceño: ¿qué había en la punta? ¿Un círculo de cera? ¿Un nudo de la madera reforzado para impedir que se convirtiese en agujero? ¿O, al revés, un agujero hecho a propósito? ¿Un escondite?

Se sentía cada vez más ansioso. Al fin y al cabo, si habían asesinado al peregrino, por algo sería. Sacó de debajo de su túnica la hoja mellada de su navaja y empezó a rascar. La capa de cera se quitó con cierta rapidez, y apareció, tal como esperaba, una pequeña cavidad abierta en la madera. El corazón le latía, aunque, por desgracia, no sacó la moneda de oro con la que soñaba, sino un anillo de plata bastante ancho. Estuvo a punto de soltarlo de estupefacción cuando vio las tres merletas grabadas en él. ¡El blasón de los señores de Merle! ¡El blasón del terrible Hugues de Merle! ¿Quién no lo conocía en el país? Lo exhibía con orgullo en la bandera que flotaba en la cima de su guarida de bandidos, allí arriba en la roca de Merle.

El miedo se apoderó de Thomas *El Rojo*. Daba vueltas al anillo, y dudaba si tirarlo con el bastón en el bosque. Vio que dentro del anillo estaba grabada una palabra corta. ¿Qué palabra sería? Thomas no sabía leer.

Curiosamente, fue esa palabra, cuyo sentido se le escapaba, la que le decidió a conservar el anillo y el bastón también.

Volvió a su casa a toda prisa. En unas tierras desbrozadas y abandonadas en la orilla del bosque, vivía solo en una choza cuya única puerta daba a un único cuarto. No había chimenea y encendía fuera el fuego para cocinar. Lo mismo hacía para calentarse, aunque hiciese un frío que helara las piedras. En el interior, en un manto de helechos, acumulaba las pieles de los turones, comadrejas y liebres que cazaba furtivamente. Todo apestaba a piel mal curtida, salvajina, manzana podrida y moho. Thomas ya no lo notaba, estaba acostumbrado.

Buscó un lugar donde poder esconder el

anillo; lo enterró en el mismo suelo de tierra y, para mayor seguridad, colocó encima el único cacharro en el que preparaba la sopa. Puso el bastón en un rincón, cerró la puerta, más por miedo a las alimañas que a los hombres, y se fue a la feria para enterarse de lo que decían del asesinato del peregrino.

Estaba anocheciendo cuando finalizaron las vísperas solemnes celebradas en la abadía con ocasión de la fiesta de San Martín. El recinto ferial estaba vacío de nuevo en beneficio de la iglesia, pues se juntaban la piedad y el deseo de no perderse la belleza del espectáculo.

A la luz tenue de cien cirios de cera fina, los oros brillaban en las casullas y los incensarios, y el relicario deslumbraba con el fulgor de las piedras preciosas. En él descansaba como una reliquia un trozo del manto del santo.

Contrariamente a la austeridad nuevamente predicada por Bernardo de Clareval, se seguía observando en Hautefage la regla del

Cluny, y el esplendor del lugar debía ser prueba del esplendor de Dios.

En cambio, los monjes vivían humildemente, y el abad demostraba una austeridad en sus costumbres que contrastaba con la magnificencia de las ceremonias. Así, el banquete que ofreció fue breve y Raymond de Pleaux se marchó rápidamente, llamado por su intendente para solucionar un litigio.

La tarde se hacía interminable para Agnès de Montal, debido a la ausencia de Raymond y también a la de Guy, desaparecido desde la mañana. Incluso ahora, al salir de las vísperas acompañada de Spérie, experimentaba un desasosiego y una tristeza que no conseguía explicarse.

Mientras se dirigía a los aposentos que el abad había puesto a su disposición para el tiempo que duraran las fiestas, preguntó de repente:

—Spérie, ¿te parece cristiano que se trate a Guy como a un réprobo? ¿Acaso es una lepra no servir al rey inglés?

—Una suerte de lepra, sí, y vos lo sabéis —contestó Spérie con rudeza—. ¿Por qué ha vuelto? No recibirá la hospitalidad de nadie. ¡Ni siquiera del abad! Ya lo habéis visto.

—Me pregunto dónde se hospeda. Su castillo está derruido.

—¿Que dónde me hospedo? —preguntó detrás de ella la voz burlona de Guy de Servières. ¿No te acuerdas, amiga mía, de las cabañas que te construía con ramas?

Ella se dio la vuelta con brusquedad:

—No está nada bien espiarme. ¿Desde cuándo estás detrás de nosotras?

—Desde que te he visto salir de la iglesia. Sola por una vez. ¡Qué suerte!

—¿Y yo qué? —protestó Spérie—. Señor Guy de Servières, ¿acaso me he convertido en una sombra, puesto que no me veis?

Él se echó a reír:

—¡Qué poco has cambiado, Spérie! Eres única.

—Ya que estabais escuchándonos, cosa que no es, señor, propio de un caballero, ya sabéis lo que opino de vuestro regreso.

—Sí. Que es insensato. Pons opina lo mismo. Pero, por lo que respecta al abad, te has equivocado. Aunque no me haya invitado al banquete, me ofrece hospedaje, al menos para esta noche. Ves, amiga mía, no tienes por qué preocuparte. No dormiré en una cabaña de ramas desde la que podría ver, como en los veranos de antaño, las estrellas... si las hubiere...

—Te acuerdas... —empezó ella, y luego se calló bruscamente al oír la voz potente del preboste Guillaume de Taillefer.

—¡Que no y que no! —gritaba enfurecido—. ¡Apartad a esa chica! ¡No quiero ni verla ni oírla! El joven al que busca aparecerá mañana durmiendo la mona debajo de un banco de taberna. ¡Ya está bien de tanto alboroto!

A la luz de las antorchas que llevaban los hombres del preboste, Guy vislumbró a Flor. Ella también lo vio y corrió hacia él:

—¡Ha desaparecido! Cuando he vuelto, la barraca estaba vacía. Llevo una hora buscándolo por todas partes. He ido a mirar en las dos tabernas del pueblo, y no está. Tengo miedo por él.

—¿Señor preboste, no es de vuestra incumbencia buscarlo? —preguntó Guy, ligeramente irritado.

—Y lo buscaré, señor de Servières, mañana por la mañana, si sigue sin aparecer, cosa que dudo. ¡Buenas noches! —y se fue con sus hombres.

—Es culpa mía —dijo Flor—. No tenía que haberlo dejado solo. Debía habérseme ocurrido que el que mató al peregrino iba a seguirlo. ¡Pobrecito, Pajarillo mío! Ha hablado demasiado.

—No es tarde aún —contestó Guy con autoridad—. Voy a seguir buscando contigo.

Saludó a Agnès y a Spérie y se fue con Flor, dejando a ambas anonadadas.

Agnès fue la primera en reaccionar:

—¿Quién es esa mujer a la que Guy parece conocer?

—Sí, la chica española, la bailarina de la pandereta que vino anoche a divertir a la gente de la hospedería con Jean *El Pajarillo*. ¡El que imita el canto de los pájaros como nadie!

—¡Entonces —exclamó Agnès— ha sido él el que ha declarado esta mañana conocer al peregrino muerto! ¿Crees que está en lo cierto y que habrán intentado matarlo? ¡Ay,

Spérie, sería horrible! ¿Te acuerdas de lo claros que eran sus ojos?

—¡Demasiado claros, sin duda, para ser los de una persona honrada! Y esa chica ¿de qué España viene? ¿De tierra cristiana o de tierra de moros paganos? ¡A saber!

—Durante el banquete con el abad —dijo lentamente Agnès—, alguien comentaba que Guy no volvía de Jerusalén, sino de España. ¿Tú crees que pudo haberla conocido allí?

Spérie le echó una mirada inquisitiva y respondió duramente:

—Y aunque fuese así, ¿qué importancia tiene? Mañana, o dentro de una semana, el señor de Servières se marchará al igual que vino, como un caballero andante; ése es su destino por el resto de sus días. No penséis tanto en él. El señor Raymond de Pleaux podría sentirse ofendido, y os vais a casar con él.

Agnès bajó la cabeza y se calló.

III

UN NUEVO CRIMEN

FRAY JÉRÔME ENTREABRIÓ la puerta pequeña para dejar entrar a los dos monjes encargados de la lechería, cuyo edificio se erguía al otro lado del río.

Mientras se alejaban, aprovechó para echar una mirada al primer recinto. Todo parecía dormido aún, tanto en la hospedería como en las distintas dependencias. También era cierto que apenas despuntaba el día, no tan gris como el anterior, aunque sí más frío.

—El viento ha cambiado de dirección —constató fray Jérôme—: ahora sopla del este. Habrá helado durante la noche.

Iba a cerrar la puerta pequeña cuando oyó el grito. Era un grito agudo de mujer, seguido de los golpes apresurados de unos zuecos pisando los peldaños de madera que conducían al primer aposento del recinto, en el que el preboste vivía durante la feria.

—¡Rápido! —gritó la mujer—. Venid deprisa, señor Taillefer, un hombre se ha ahogado.

Golpeó la puerta repetidas veces con su zueco.

Con el ruido que estaba armando, todas las personas alojadas en la hospedería se despertaron. En pocos minutos, se juntó un corro de gente todavía adormilada, medio vestida, del que se alzaban exclamaciones y preguntas. Algunos se sentían ya nerviosos al imaginar que se trataba de una banda de mercenarios, atraídos por los tesoros de la abadía.

Hasta fray Jérôme abandonó la portería y llegó corriendo. Reconoció inmediatamente a la mujer. Hermeline, pobre entre los pobres, desempeñaba las tareas que los demás consideraban demasiado duras, como lavar la ropa, hiciese el tiempo que hiciese, incluso cuando el agua del río le helaba a uno hasta los huesos con sólo meter la mano.

En aquel momento hablaba con el preboste, que acababa de aparecer en el umbral de la puerta.

—Estaba bajando hacia el río, con mi cargamento de ropa, cuando... ¡Virgen María! ¡Qué susto me he pegado! Para helarle a una la sangre ver sus ojos abiertos, unos ojos que he reconocido enseguida... Ayer, en la feria...

—Escuchad, buena mujer —atajó impaciente el preboste—, no entiendo nada de lo que me estáis contando. Explicaos más claramente. ¿De quién habláis?

—Del ahogado, del chico que imitaba los cantos de pájaros en la feria. Está allí abajo, en el recodo del río, adonde la corriente lo habrá arrastrado y adonde suelo ir a lavar la ropa porque el agua no es tan profunda y...

—¡Ya basta! —cortó de nuevo Guillaume Taillefer—. Vamos.

Llamó a dos de sus hombres y se fue.

Fray Jérôme estaba consternado: otra muerte violenta, aunque, esta vez, pareciera accidental. Vislumbró a Guy de Servières, que se dirigía también hacia el río, y lo detuvo con estas palabras:

—¡Ay señor! ¿Habéis oído? ¡Pobre chico! ¡Qué accidente tan terrible! ¿Cómo ha podido ahogarse?

—Me temo que no lo ha hecho solo.

—¿Qué queréis decir con eso, que alguien...?

—Lo ayudó, sí: tengo motivos para pensarlo.

—¡Dos asesinatos en tan poco tiempo! ¡Y otra vez en las tierras de la abadía! Nuestro abad Arnould, que se siente ya tan cansado... ¡Qué gran responsabilidad para él! Voy a avisarlo ahora mismo.

Mientras iba corriendo al río, Guy pensaba en Flor. ¿Estaría ya enterada? ¿Cómo reaccionaría? No se esperaba lo que vio al llegar. Estaba ahí, de pie cerca del cuerpo, tiesa, derecha, sin un grito ni un llanto, con las facciones rígidas, como paralizadas; sus ojos no estaban mirando al muerto, sino algo fijamente a lo lejos. Era mucho mas sobrecogedor que oírla gritar o sollozar. Hasta el preboste pareció confuso durante un corto momento, pero rápidamente mascullό:

—Justo lo que pensaba. Tanto beber, uno pierde el sentido y acaba en el río. No es el primero. El asunto me parece evidente.

—A mí no, preboste.

Guillaume Taillefer se sobresaltó y miró con altanería a Guy.

—¿Y por qué motivo, señor de Servières? ¿Me honraréis con una explicación?

El tono era claramente insolente.

—Como no me apetece repetirme, preboste, os parecerá bien que me explique cuando hayáis llevado el asunto ante el abad, ya que es de su única incumbencia.

El preboste contuvo su cólera. Sin embargo, el argumento no admitía discusión. El chico se había ahogado en las tierras de la abadía. Debía avisar primero a Arnould.

—Llevad el cuerpo al monasterio —ordenó a sus hombres. Luego, se volvió hacia Flor, que seguía callada y con la mente abstraída—. ¡Oye, tú, sígueme! ¿Has oído lo que te estoy diciendo?

Ella meneó la cabeza a modo de respuesta y lo siguió. Guy de Servières los acompañó.

El abad Arnould, avisado por fray Jérôme, los estaba esperando, sentado en la sala capitular de la abadía, en el sitial, muestra de su dignidad.

Estaba muy pálido, tenía la cara cansada

y, de hecho, estaba agotado. Al ver a Guy de Servières, que iba acompañando al preboste y a Flor, frunció levemente el ceño, pero no hizo ninguna pregunta y se limitó a decir:

—Os escucho, señor preboste.

Guillaume Taillefer repitió lo que había dicho en la orilla del río.

—Así, según vos —dijo Arnould tras un silencio—, se trataría de un simple accidente: el chico había bebido demasiado y se ahogó. No puede ser en el lugar en el que han encontrado su cuerpo. En ese recodo del río el agua es poco profunda y, según lo que decís, el cuerpo flotaba. ¿No estaba la cara sumergida en el agua?

—No —dijo el preboste—, estaba boca arriba. Pero se habrá ahogado más lejos y la corriente lo ha arrastrado. Habrá allí remolinos que lo han llevado hasta el recodo.

—En resumen, sin esos remolinos, habría sido casi imposible encontrar el cuerpo. En esta época del año, la corriente es fuerte y se lo habría llevado lejos de aquí.

—Sin ninguna duda —dijo el preboste, que no entendía adónde quería llegar el abad—. Ahogado aquí o allí, ¿qué importancia tiene? Cuando uno se ahoga, ¿acaso elige un lugar antes que otro? ¡Y menos si está borracho!

Guy de Servières no había dicho nada hasta ese momento.

Tras un nuevo silencio, Arnould le preguntó:

—Señor de Servières, ¿puedo saber por qué razón estáis aquí? ¿Qué tenéis que ver vos en este asunto? Que concierna a esta chica lo entiendo, ¿pero a vos?

—Abad, como caballero no puedo tolerar la deslealtad, sea cual sea la forma que adopte. Ahora bien, en este caso reviste la peor de las formas: disfrazar un crimen como simple accidente.

Con un gesto el abad impuso silencio a Guillaume de Taillefer, que intentaba protestar.

—¡Esperad un poco, señor preboste, ya os tocará! Guy de Servières, proferís una acusación muy grave y que exige mayor información. ¿Un crimen? ¿Por qué?

Guy se volvió hacia Flor.

—Ella os lo dirá igual que yo. Han matado a Jean *El Pajarillo* para que no pueda hablar. El asesino del peregrino tenía miedo de lo que os podía revelar. Acordaos, abad: ayer por la mañana comunicasteis en voz alta vuestra intención de interrogarlo más e incluso añadisteis: «Este chico puede decirnos mucho aún». Y, así, me temo que lo sentenciasteis a muerte.

En aquel momento, el abad se sobresaltó.

—¡Así que el asesino estaba entre el público! Y las dos muertes estarían vinculadas...

Guillaume de Taillefer estaba harto de oír lo mismo.

—Abad —dijo con voz fuerte—, ¡eso no es más que pura fantasía! ¿Qué pruebas tiene el señor de Servières? ¡Ninguna! Yo mantengo la tesis del accidente. Además, ya lo veis, la chica no está acusando, se calla. ¡Será que no cree en el asesinato!

—¿Qué contestas? —preguntó el abad.

—Que está muerto y que nada ni nadie me lo devolverá. Vuestra justicia llega tarde y poco me importa.

—¡Veis, abad —dijo indignado el preboste—, con qué tono osa hablaros! Una perdida, una pobre desgraciada...

—Callaos, preboste —ordenó tajantemente Arnould. No consiento que en mi presencia se insulte a una criatura de Dios. El Todopoderoso nos hizo a su imagen y semejanza y, como el mal nos desfiguró a todos, envió a su Divino Hijo para salvarnos. Señor de Servières, el preboste tiene razón: ¿qué prueba de lo que afirmáis podéis ofrecernos? Ninguna. ¿Y a quién acusar de este doble asesinato? A una sombra. Me inclino hacia vuestra hipótesis; pero, mientras sea una simple hipótesis, no puedo hacer nada. Además, me parece raro que un criminal, que se atrevió a llevar el cuerpo de su primera víctima hasta la puerta de esta abadía una mañana de fiesta, para que todos pudiesen ver su fechoría, mate una segunda vez procurando disfrazar su segundo crimen como un accidente. Hay ahí una incoherencia que no logro explicarme.

—Yo tampoco. Se trata de un loco —dijo el preboste.

—¿Quién de nosotros no está un poco

loco? —repuso con tono pensativo Guy de Servières.

Arnould lo miró y bajó los ojos.

En aquel momento, fray Jérôme apareció en el umbral de la sala, acompañado de un hombre correctamente vestido, bajo de estatura, con cara simpática y mirada despierta.

—Señor abad, este hombre dice que os tiene que revelar cosas muy importantes —y añadió, como disculpándose—: Por ese motivo, he pensado que podía abandonar un rato la portería sin vuestro permiso.

Por primera vez en toda la mañana, el abad tuvo ganas de sonreír y se relajó un poco. La presencia inesperada de fray Jérôme aportaba una bocanada de aire fresco en la ciénaga en la que el segundo asesinato lo había sumergido. Sintió que regresara a su portería, se volvió hacia el desconocido y le dijo:

—Te escucho.

El hombre se inclinó con naturalidad.

—Señor abad, me llamo Garin de Toulouse, cambista autorizado de varios mercaderes y señores importantes, tanto en tierras de Aquitania como en el país de Toulouse, e incluso, a veces en España. He viajado a esta feria para tratar algunos negocios, pocos desgraciadamente, ya se sabe que la mala situación actual..., pero, bueno, no he venido a eso. La casualidad ha querido que mi tienda estuviese al lado de la barraca del juglar y su compañera —echó una mirada a Flor, que, desde que había entrado, no apartaba la vista de él—. Así que, al enterarme del triste final de ese pobre chico, me he acordado de algo que en su momento me pareció sin importancia. Ayer, poco antes de las vísperas, cuando era aún de día, alguien que no pude ver, no sé si era hombre o mujer, vino a visitar a El Pajarillo. Ignoro lo que hablaron y no me habría fijado si, al poco rato, el chico no me hubiese gritado: «Vecino, ¿queréis echar una mirada a mi puesto, el tiempo de solucionar un asunto con Flor?». Sin siquiera dejarme opción para aceptar, se fue corriendo hacia el río. Ya sabréis que no lo volví a ver... y con motivo... Me han comentado que se habría ahogado porque había bebido mucho. Pero lo que puedo afirmar, señor abad, es que cuando se fue no estaba bebido.

—Tuvo tiempo para desquitarse después —masculló el preboste.

—¿No podéis decirnos, maese Garin, si seguía al hombre o a la mujer que vino a hablarle? —preguntó el abad.

—Eso no lo sé, pero se fue justo después de aquella visita y de modo precipitado.

—¡Alguien me utilizó para atraerlo a una trampa! —exclamó Flor.

—Es evidente —dijo sublevado Guy.

—Eso queda por demostrar —observó escéptico el preboste.

—Pero yo no tenía ningún asunto que tratar con él, ¡yo lo sé!

—Lo dices tú, pero ¿podemos creerla, señor abad? Me estoy acordando de que uno de mis guardias afirmó haberla visto justamente ayer en el momento de las vísperas, a orillas del río, acompañada de un hombre que no era El Pajarillo. Desde lejos no pudo ver su cara, pero, por su estatura, seguro que no era el juglar.

—¿Y tú, qué dices? —preguntó Arnould a Flor.

—Que es verdad. Ayer, a la hora que

dice, estaba hablando con un hombre que no era El Pajarillo.

—Ya lo veis, señor abad. Lo confiesa. Y lo que sigue, ¿no lo entendéis? Al hablar de accidente, me equivoqué, lo reconozco. Hubo efectivamente un crimen, aunque no el que nos quiere hacer creer; nada de trampa, la única celada fueron los celos. Sí, señor abad, los celos de El Pajarillo. Alguien lo avisa de que su compañera Flor está cerca del río con otro hombre, que la está cortejando o algo peor. Él corre hacia allá. Los dos hombres pelean. El Pajarillo muere. Tiran su cuerpo al agua. Ni visto ni oído. Sin los remolinos el cuerpo no habría aparecido nunca.

Guy había escuchado al preboste con una sonrisa burlona en los labios. El cambista Garin se había dado cuenta y esperaba con interés la continuación del relato.

—Señor abad —dijo Guy—, lo malo del cuento que acaba de imaginar maese Taillefer es que el hombre que estaba a orillas del río, ayer, con Flor, era yo. ¿Eso os sorprende, preboste? Estábamos hablando de España, de donde vuelvo. Fui a luchar contra los moros en Aragón, con el rey Sancho.

—Es verdad —dijo el cambista Garin— que las hazañas del señor de Servières le han dado mucha fama, más allá de los montes. Y hasta en Castilla, donde hablan de él con admiración.

Miraba de reojo al preboste, cuya cara enfadada le hacía gracia.

El abad Arnould callaba. Parecía de pronto más encorvado, como bajo una carga demasiado pesada y, entre sus dedos, daba vueltas maquinalmente a la gran cruz pectoral adornada con amatistas, insignia de su cargo.

Un ruido de pasos apresurados sonó de repente en la galería del claustro contiguo a la sala capitular y apareció Raymond de Pleaux. Vestía más sencillamente que el día anterior. Llevaba ropa de cazador, con una casaca de piel de ciervo, botas altas y guantes de cuero. Parecía estar sin respiración y llevaba aún la fusta en la mano. Se inclinó después ante Arnould:

—Me hablan de un nuevo asesinato, ¿es verdad?

Luego, echó una mirada a su alrededor y preguntó:

—¡Guy! ¿Qué haces aquí?

—Ya os explicaré, señor de Pleaux —dijo Arnould incorporándose—. Pero, de momento, retiraos todos. No obstante, quiero que permanezcáis a mi disposición mientras el crimen, siempre y cuando se trate de un crimen, no haya sido aclarado. La orden vale también para vos, preboste. Os ruego que sigáis con vuestra investigación. Vos, señor de Servières, quedaos.

IV

ALBOROTO CALLEJERO

LA NOTICIA DE LA MUERTE de Jean *El Pajarillo* se había difundido ya tanto por la zona donde estaba instalada la feria como por el pueblo, aumentada con cien habladurías y deformada.

Cuando Flor abandonó la abadía para volver a la barraca que había compartido con El Pajarillo, se oyeron murmullos a su paso. No prestó atención, encerrada como estaba en su pena y su desesperación. La muerte del juglar la dejaba sola, en un país en el que todo le era extraño, incluso hostil.

¿Qué podría hacer ahora? ¿Bailar? ¿Pero dónde y cómo? Sin protección, era impensable. Era una época difícil para todos, sin piedad para los débiles, los aislados, los solitarios. Mendigar... Unirse a una banda de pordioseros, prostituirse...

Al llegar a la barraca, empezó a juntar las cuatro pobres pertenencias que tenían: las pelotas de distintos colores con las que El Pajarillo hacía sus juegos malabares, el saco de piel de ciervo que habían comprado juntos en la última feria, la del final de la vendimia en la región de Toulouse. Tocó suavemente la guitarra, cuyas cuerdas él ya no volvería a rasgar, sacó de ella tres tristes notas, hundió su cara en su falda multicolor y se echó a llorar.

—No te quedes aquí —dijo una voz de hombre.

Se incorporó rápidamente y reconoció a su vecino, el cambista. Tenía cara de preocupación y prosiguió:

—Ya he oído varios comentarios. La gente está resentida contigo, sobre todo las mujeres.

—Pero ¿por qué? ¿Qué les he hecho yo?

Se encogió de hombros y respondió:

—No eres como ellos. Lo saben. No soportan que uno sea diferente, que esté hecho de otra madera. Lo tendrías que saber mejor que nadie, tú que vienes de la España recientemente reconquistada a los moros.

—A su lado lo había olvidado —rozó suavemente la guitarra—. Él era la inocencia y lo han matado —de repente, el tono de su voz cambió al añadir con violencia—: ¡Pero le vengaré!

El cambista meneó la cabeza y dijo:

—Márchate de aquí lo antes posible, antes de que esa gente te juegue una mala pasada; es lo único que puedes hacer. Ya sabes lo que significa cuando la gente empieza a hablar de brujería, a mentar al diablo... ¡la hoguera no anda lejos!

De repente, lo miró asustada.

—¿Y adónde puedo ir yo sola?

El cambista estuvo reflexionando y por fin opinó:

—Podría ayudarte a regresar a España. Debo ir a Toledo la próxima primavera. Pero no puedo dejar la feria antes de que acabe. Es cuestión de cuatro días. Hasta ese momento, no veo más que un lugar donde puedas estar segura: la abadía. Vete allí lo antes posible. Aunque debilitado por sus muchos años, el abad me ha parecido un hombre justo y bueno. No te negará su protección, y más

—añadió con una sonrisa burlona— si el señor de Servières apoya tu petición.

Ella repuso con brusquedad:

—No hay nada entre el señor de Servières y yo. Pero, decidme, y vos ¿por qué me protegéis?

La cara del hombre se puso seria.

—Mis razones tengo. Sigue mi consejo, vete rápidamente a la abadía.

Un mercader lo estaba llamando. Volvió a su puesto. Flor se quedó un momento pensativa y luego hizo un hatillo con sus escasas pertenencias, que cabían en un trozo de tela roja. Lo anudó por las cuatro puntas y se lo echó al hombro; luego dejó la bolsa, pero cogió la guitarra. Después, cerró la puerta de madera que, mal que bien, impedía la entrada a la barraca y se dirigió a la abadía.

No había recorrido ni cien metros, cuando un grupo de mujeres ya la iba siguiendo, amenazándola y lanzándole pullas:

—¡Mirad a la asesina de un pobre chico, a la hechicera!

—Oye, hembra: cuando bailas, ¿baila Satán contigo?

—¡Es un vampiro el que los embruja a todos y, después, les chupa la sangre!

La palabra «bruja» vino acompañada de la primera piedra. Flor echó a correr, pero otro grupo le cortó el paso. Se sintió perdida y, apretando la guitarra contra su pecho, a modo de irrisoria protección, les hizo frente.

Fue justo en ese momento cuando Agnès de Montal la vio. Acababa de comprar unos guantes en uno de los puestos de la feria, acompañada de Spérie.

—¡Pero si es la chica española que Guy conoce!

Y, antes de que la doncella pudiese retenerla, comenzó a apartar con su pequeño puño a las mujeres vociferantes, gritándoles:

—¡Estáis locas! ¿Queréis exponeros a la ira del vizconde de Pleaux?

Las mujeres la miraron estupefactas.

Agnès seguía apartándolas mientras les gritaba:

—¡Sí, me habéis oído perfectamente, el señor Raymond de Pleaux! Esta mujer está bajo su protección. Lo sé yo mejor que nadie: yo, que para Pascua seré su mujer y vuestra soberana.

Había tanta autoridad en su voz, tanta ira en sus ojos, que las más cobardes de las mujeres empezaron a retroceder. Algunos hombres, que estaban mirando, llevaron hacia atrás a otras, diciéndoles en voz baja que tuviesen cuidado. La violencia de Raymond era famosa y temida.

Agnès cogió a Flor de la mano y la sacó del último círculo de irreductibles:

—¡Venid! ¡Démonos prisa! —susurró.

Spérie, que se había quedado boquiabierta, las siguió. Sólo recobró el habla y su habitual franqueza cuando las tres hubieron llegado a casa.

—¡Virgen Santa, por poco me desmayo! Pero ¿qué os ha pasado? ¿Por qué meteros en lo que no os concierne? ¡Esas furias os podían haber linchado! ¿Y yo qué le habría dicho al señor de Pleaux para justificar vuestra conducta? ¿Y qué le vais a decir para explicar vuestro gesto insensato? Porque podéis estar segura de que alguien se lo contará y de que lo vais a ver aparecer deprisa y corriendo... Taillefer tiene el ojo en todo y mira siempre donde no debe. ¡Ay, qué bonito va a ser!

—¡Por favor, Spérie, basta ya, cállate! Y ayúdala a poner un poco de orden en su ropa. Esas mujeres se la han destrozado. ¡Qué palabras más feas y qué espectáculo tan deplorable! ¡Una bruja! ¿Acaso Guy iba a proteger a una bruja?

—¡Así que era eso! Amiga mía, ¡se os está viendo el plumero! Ese dichoso señor de Servières no protege a las brujas, pero ¡sí que nos va a traer un bonito aquelarre en breves instantes! —se volvió hacia Flor—. Y a ti ¿te quemaría la boca dar las gracias?

Flor estaba mirando a Agnès y dijo lentamente:

—Ella tiene ojos claros e inocentes, igual que él.

—¡Ojos inocentes, el señor de Servières! ¡Pues sí que estamos apañados!

—¡Que no! —cortó Agnès con impaciencia—. No está hablando de Guy, sino de El Pajarillo, el juglar. ¡No entiendes nada! —y añadió con dulzura—: A mí también me llamaron la atención sus ojos.

Spérie levantó la mirada al cielo y dijo:

—¡El mundo se está volviendo loco, y

todo anda manga por hombro! —y como estaban llamando con ímpetu a la puerta, añadió—: Ya lo veis, ¿tenía razón o no? Sólo por la manera de llamar, Raymond de Pleaux no debe de estar de buenas. ¡Nos podemos esperar lo peor! —se persignó—. Santa Spérie, patrona mía, ¡protégeme! —y fue corriendo a abrir.

Raymond de Pleaux salió descontento de su entrevista con el abad, más aún al darse cuenta de que éste apoyaba claramente a su primo Guy frente al preboste, un hombre que él había nombrado. No había dado ni tres pasos fuera de la sala capitular, cuando éste vino corriendo a contarle el incidente de la feria. Se quedó sin habla. Agnès, tan tímida, tan dulce, esa corderita a la cual no prestaba más atención que a un chaparrón liviano que trae un poco de frescor un día de verano, se revelaba de repente tan diferente que, en un primer momento, le pareció imposible. Ante las precisiones que le daba el preboste, tuvo que hacerse a la idea. La ira se apoderó de él y salió disparado hacia el aposento donde moraba.

Apartó a Spérie con el dorso de la mano y entró atropelladamente en el cuarto en el que Flor, con la ayuda de Agnès, intentaba recomponer su blusa.

—¿Qué es lo que me acaban de contar? ¡Os agradezco mucho el celo que ponéis en proteger mi honra! ¿Esa chica, mi protegida?

Se detuvo. Quién era esta nueva Agnès que, en vez de bajar la vista y echarse a temblar, le hacía frente y respondía con voz firme:

—¿Acaso vuestra honra de caballero habría ganado algo dejando que esas furias la linchasen, esas furias que no sabían lo que hacían ni lo que decían? He dicho lo único que podía salvarla, pues la gente os tiene miedo y teme vuestra ira.

—¿Y vos no?

—¿Quién no la temería? Pero, tal vez, me sienta menos sola para aguantarla.

—¡Ya veo! La alusión es clara. ¡Anda detrás mi encantador primo! Desde su regreso, me lo encuentro en todas partes. Y qué cosa más extraña que la muerte haya actuado dos veces justamente a su vuelta. Se podría pensar que él la atrae al igual que le atrae esta chica. Qué necia sois si no lo veis. Con ella, parece un abejorro atraído por la miel.

Flor dijo de repente:

—Las mujeres que me insultaban hace un momento sólo me atacaban a mí y no intentaban herir a otra, con deslealtad, utilizándome a mí.

Raymond la cogió del pelo y la abofeteó.

—Lamentarás lo que acabas de decir, ¡maldita zorra!

—Señor de Pleaux, lo que estáis haciendo no es digno de un caballero —dijo Spérie—. Vuestra madre, la dama Alix, se avergonzaría de tal conducta.

El hombre soltó a Flor con tanta brusquedad que ésta se cayó, echó una mirada furiosa a Spérie y salió dando un fuerte portazo.

Agnès, muy pálida, dijo con tono de reproche:

—No deberías haberle hablado de su madre. Ya sabes que no lo soporta desde que ella se fue con las monjas de clausura de Reygades, tras la muerte de Géraud. ¡A él le dio tanta pena!

—Así lo dijo —respondió Spérie, meneando la cabeza—. Pero no hay que creer todo lo que dice un hombre. ¡Pronto os daréis cuenta!

Flor recogió su guitarra y el hatillo.

—¿Adónde vas? —preguntó Agnès.

—Voy a seguir los consejos del cambista y pedir asilo al abad. Él, al menos, no os lo hará pagar —y se fue.

Thomas *El Rojo* estaba roncando, tumbado en el suelo pegajoso por las muchas jarras que los borrachos habían volcado al final de la noche. Los había seguido hasta la fonda, la más pobre del pueblo de Miegemont. Ni siquiera tenía rótulo. Todos la llamaban «La casa de Anjou», pues así apodaban a su propietario por el país del que era oriundo.

Allí se juntaban los mayores golfos del pueblo, además de unos cuantos rateros en busca de robos de poca monta, vigilados por los hombres del preboste.

Aquella mañana, Anjou estaba de un humor de perros y sufría de un fuerte dolor de muelas. Cuando vio a Thomas, asió un bastón y le dio con él en las costillas para despertarlo gritándole:

—¡De pie, barril, cuba! ¡Vamos! ¡Fuera de aquí! ¡Hace tiempo ya que es de día! ¡Vete a acabar de dormir la mona en tu guarida!

El Rojo se despertó, se incorporó como pudo con sus piernas aún vacilantes, eructó dos o tres veces y bostezó.

Anjou lo miraba con una cara que, por muy alelado que Thomas estuviese, le pareció rara. Tenía la mirada fija en él, como si estuviese observándolo, al acecho.

—¿Es cierto —acabó preguntándole— lo que decías anoche, que viste a los que mataron al peregrino?

Aquello tuvo el mismo efecto en Thomas que una jarra de agua fría en la cara y le quitó la borrachera de golpe.

—¿Yo dije eso? ¡Lo habrás soñado!

—¿Tú crees que son cosas que se inventan? Lo dijiste y lo repetiste y todos te oyeron. Es más, según tú, eran caballeros.

Thomas *El Rojo* intentaba concentrarse. Había hablado, el mal estaba hecho. Menos mal que no había dado nombres, ni tampoco había hablado del bastón. Anjou lo habría comentado. De todos modos, mejor irse rápidamente. Se encogió de hombros y dijo:

—En lo que dice uno cuando está borracho hay más mentiras que verdades; ya ves, ni siquiera me acuerdo.

Recogió su gorro del suelo, lo sacudió, se lo puso en la cabeza y salió de la taberna, procurando andar derecho.

Anjou lo siguió con la mirada algunos instantes y se fue a avisar a un hombre del preboste que conocía. No tenía ganas de que lo mezclaran en un asunto que olía tan mal.

V

LA ACUSACIÓN DEL PREBOSTE

AL COMENZAR LA TARDE, Arnould estaba comprobando las cuentas con el hermano encargado de la administración. La tarea correspondía normalmente al prior, pero se había ido para toda la semana a Aurillac a comprar pergamino para los copistas de la abadía. De repente, un fraile entró para comunicarle que el preboste quería verlo.

—Dile que venga aquí. Hoy me cuesta mucho andar y no puedo desplazarme. Dejadnos, hermano administrador, revisaremos las cuentas más adelante.

El preboste entró, pero no venía solo. Uno de sus hombres traía atado a una cuerda que le agarrotaba las muñecas a un Thomas *El Rojo* irreconocible. Tenía el rostro tumefacto y un ojo amoratado. Su ropa hecha jirones dejaba ver en la piel las marcas ensangrentadas de los latigazos.

Arnould se quedó impasible, aunque su mirada se endureció. El preboste se sentía triunfante.

—Abad, ya sabemos quiénes son los asesinos del peregrino y sus nombres os van a sorprender. Nada menos que el señor Guy de Servières y Pons, su escudero —dio una patada a Thomas—. ¡Anda, cuenta lo que viste!

—No los vi matarlo, señor abad —dijo Thomas con la voz ronca por lo mucho que había gritado bajo los golpes—. Vi, desde el bosquecillo donde yo estaba, que lo arrastraban...

—Estaba de caza furtiva... en sus tierras —atajó el preboste.

—Continúa Thomas —dijo Arnould con dulzura—. ¿Así que viste cómo el señor de Servières y Pons, su escudero, arrastraban el cuerpo del peregrino la otra noche, víspera de fiesta? ¿Cómo supiste que eran ellos? El bosque debía de estar oscuro y llevaban cinco años fuera del país. ¿Los reconociste?

—Por lo que decían. Oí dos voces. Una decía: «Es una locura, señor Guy de Servières». La otra contestaba: «Mejor ayúdame, amigo Pons». Aquí, señor abad, todo el mundo recuerda al joven señor de Servières, a su padre decapitado por orden del rey inglés y al escudero Pons.

—Decían también otra cosa que se te ha olvidado repetir —dijo el preboste.

—El escudero Pons decía: «¿Queréis vos que el preboste os acuse del crimen?».

—¡Ya lo habéis oído, abad, no puede estar más claro!

—Para mí, no lo está.

El preboste se contuvo para no estallar:

—Señor abad, ¡pensad un poco! Si ayer ya estaba claro, hoy es obvio. Todo concuerda. ¿De dónde viene el peregrino asesinado? ¡De Compostela!, lo demuestra la concha en su sombrero. ¿De dónde es aquella chica con la que el señor de Servières estaba conversando a orillas del río? Él mismo os lo dijo aquí. ¡De España! Y el mismo señor Guy de Servières, ¿de dónde viene? ¡De Zaragoza!

—Que no está próximo a Compostela, preboste. Pero da lo mismo. Sigue con tu razonamiento.

—Pudo estar aquí y allí —contestó molesto el preboste—. Bueno, sigo. Por un motivo que desconocemos, y si me dejáis al escudero Pons durante una hora ¡ya confesará!, el juglar, la chica y Guy de Servières deciden matar al peregrino, o quizá hubiera una pelea y uno de ellos mata al peregrino.

—Y en vez de esconder el cadáver, ¡lo exhiben! —cortó irónicamente el abad—. Según vos, preboste, ¿por qué?

—Ya lo he pensado. Para que todo el mundo resulte sospechoso.

—De todos modos, habría sido más fácil esconderlo, ¿no os parece?

—Ya que lo protegéis... —dijo con ira Taillefer.

El abad se incorporó y dijo:

—¡Yo no protejo a nadie! Intento ver con claridad. La evidencia del asunto, de momento, yo no la veo. Pero da igual, continuad.

—Lo que sigue ya os lo expuse ayer. Lo de la muerte de El Pajarillo en el río: celos, pelea seguida del asesinato del juglar. Esta vez, esconden el cuerpo, o al menos eso intentan, sin acordarse de los remolinos de la corriente porque no quieren que se me ocurra relacionar ambos asesinatos. Todo está claro, lo repito, y ya tenemos a los asesinos.

Hubo un silencio y luego el abad comentó:

—¿No os parece raro, preboste, que el señor de Servières y esa Flor, si son culpables de lo que los acusáis, no os hayan dejado creer en vuestra primera suposición, la de un simple accidente debido a la embriaguez del juglar? Acordaos de que fueron ellos los que insistieron en persuadiros de que se trataba de un crimen.

—No lo he olvidado —respondió Taillefer con tono arrogante—, pero veo en ello malicia por su parte.

—Tenéis suerte, pues yo no la veo.

—Decid más bien que no queréis verla —repuso con insolencia el preboste—. Veremos lo que opina el vizconde Raymond y lo que contesta el señor de Servières cuando lo interroguéis.

Arnould replicó con fuerza:

—Yo lo interrogaré primero, y también a esa chica, pues parecéis haber olvidado, preboste, que ambos crímenes ocurrieron en las tierras de la abadía de las que soy soberano.

Pero, como no ignoro que el derecho de alta justicia le incumbe, en última instancia, al señor de Pleaux, el interrogatorio tendrá lugar en su presencia. Decidle a uno de vuestros hombres que vaya a avisarlo, que lo estoy esperando.

Thomas *El Rojo* había permanecido todo el tiempo en un rincón sin osar moverse. Cuando vio que el preboste estaba a punto de dejar la sala, arrastrándolo tras de sí, se echó a los pies del abad:

—¡Tened piedad! He dicho la verdad, he dicho todo lo que sabía, pero no quieren creerme. Los hombres del preboste van a quemarme los pies, no sé nada más. ¡Impedidlo, señor abad! ¡Por piedad!

—Soltad a este hombre. Ya habéis obtenido de él todo lo que queríais. Incluso libre, podrá repetir su confesión.

—No estéis tan seguro. Pero, como sé dónde encontrarlo, para serviros, señor abad, lo suelto —y ordenó al hombre que lo acompañaba—: ¡Quítale la cuerda! ¡Que lo ahorquen otros!

Thomas *El Rojo* no esperó a que se lo

repitieran. Pese a los golpes y el dolor, se sentía bastante orgulloso de sí mismo. Había conseguido no mencionarles el bastón, ni el anillo con las armas del señor de Merle.

Cuando Guy de Servières se presentó ante el abad, ya estaba allí Raymond de Pleaux. Ambos primos se miraron, uno con sorpresa, y el otro, algo turbado. Arnould no les dejó tiempo para reaccionar y fue directamente al grano, comentando con severidad:

—Señor de Servières, ¿por qué no nos dijisteis que fuisteis vos, con la ayuda de Pons, vuestro escudero, quien puso el cadáver del peregrino junto al muro de esta abadía? Un hombre os sorprendió cuando estabais arrastrándolo desde el bosque hasta aquí. Os siguió, os reconoció y su testimonio es decisivo.

—Así pues, no lo negaré. Dice la verdad.

—Pero ¿por qué? —exclamó Raymond.

—Creo haber respondido, en parte, a la pregunta que os hacíais todos la otra mañana. ¿Por qué? Pues, porque el cuerpo de un cristiano no debe pudrirse sin sepultura, como carroña, en un bosque. No creo, abad, que vayáis a contradecirme.

—Desde luego que no —repuso Arnould—. Pero ¿cómo encontrasteis el cuerpo? Pueden acusaros del crimen.

Pese a la gravedad del momento, Guy puso una sonrisa burlona que iluminó su mirada:

—Eso fue lo que me pronosticó Pons al recordarme que tu preboste, primo, nunca me ha querido. Y que se pondría muy contento si pudiera acusarme del asesinato. Por lo que veo, así es. ¿Podría saber en qué se basa su acusación?

—Estás equivocado tomándotelo así —dijo Raymond. El asunto es grave, pues, según el preboste, las dos muertes están relacionadas.

—¡Por fin lo admite!

—¡Procura entenderlo! Si estás implicado en uno, también lo estás en el otro.

—Explícame cómo es eso.

El tono de voz de Guy se había vuelto más duro; ya no sonreía. Arnould intervino rápidamente:

—Yo os lo voy a explicar según la versión de maese Taillefer —y repitió todos los argumentos del preboste.

Cuando hubo acabado, Guy exclamó:

—¡Pero su razonamiento no tiene sentido! No conozco a ese peregrino. Pons y yo encontramos su cuerpo, de un modo totalmente casual, al volver de caza. Una liebre se había refugiado en los matorrales en los que el cadáver estaba escondido. Decidí llevarlo a la abadía por el motivo que os he dicho, y también por otro. Me pareció que, en ese asunto, el criminal había demostrado una falta de lealtad tremenda y me propuse desbaratar su plan. Quería esconder su crimen y yo lo exhibí. También pensaba que, tal vez, acudiese a la fiesta de San Martín y se traicionase al ver el cuerpo.

—Cosa que no hizo —comentó con ironía Raymond—. Dices que no conoces al peregrino. Pero a esa chica, Flor, y a su compañero El Pajarillo, ¿también pretendes decir que no los conocías? No te los habías encontrado en España, de donde venís los tres; pero admitiste que conversabas con ella a orillas del río, cuando mataron a El Pajarillo, ahogado justamente en ese río. Son muchas coincidencias, ¿no crees?

—La vida está hecha de ellas. Pero, precisamente, volviendo a El Pajarillo, me da la sensación, abad, de que nuestro preboste da mucha importancia a la frase que Thomas *El Rojo* le oyó pronunciar a Pons en el bosque: «¿Queréis vos que el preboste os acuse del crimen?», palabras que no demuestran para nada que yo haya cometido el crimen, sino, a mi modo de ver, todo lo contrario. Y, en cambio, en ningún momento alude a comentarios que yo considero el pilar de ambas muertes. Los que El Pajarillo os hizo a vos, señor abad, delante del muerto. Hacía referencia a una misión de justicia (repito: «de justicia»), que le habían encargado al peregrino, y de una dama a la que éste debía revelar algo «que no le haría gracia». Son sus propias palabras. Abad, ¿cómo puede ser que, en lugar de acusar a una pobre chica como Flor, el preboste, tu preboste, querido primo, no haya intentado descubrir quién era la dama? Además, quizá Flor tuviera otras cosas que revelaros. La acusan y, sin embargo, no le preguntan por el único punto que a mí me parece esencial en este doble asesinato.

—Si ella te ha contado algo, debes decírnoslo —contestó Raymond con brusquedad—. Soy el jefe del vizcondado de Pleaux y tengo derecho de alta justicia sobre todo el país.

—¿Crees que no lo sé?

—En tal caso, tenéis la obligación de hablar —dijo el abad.

Guy dudó un momento y, luego, se decidió:

—El peregrino había hecho referencia a un anillo que debía enseñar a la dama para demostrarle que decía la verdad.

—Y el anillo, ¿lo enseñó?

Guy miró a su primo.

—¡Por fin! ¡Esto parece interesarte! Desgraciadamente, ni lo enseñó, ni tampoco lo describió. Y no apareció por ningún sitio. Si lo llevaba con él, el asesino no olvidó hacerlo desaparecer. Es más, quizá fuese por el anillo por lo que mataron al peregrino.

—¿Asesinado por la dama? —comentó Raymond, recuperando la ironía.

—No es momento para bromear —le reprochó con severidad el abad.

—Lo admito —contestó Raymond—, pero ¿y si todo ese cuento del anillo y de la dama fuera una invención? ¿Y si al peregrino no le hubiesen encargado ninguna misión de justicia? Al fin y al cabo, El Pajarillo fue el único que nos habló de ella, apoyado luego por esa chica y, ahora, por ti, Guy.

Como éste esbozó un gesto de protesta, Raymond continuó:

—Yo estoy dispuesto a creer en tu inocencia: llevamos la misma sangre y ambos somos caballeros; pero me veo obligado a llevar el caso ante mi tribunal y a los hombres de mi consejo será mucho más difícil convencerlos. No querrán palabras, sino pruebas. Además, después de lo de la feria y de las sospechas de brujería que pesan sobre esa Flor; sin fundamentos, abad, os lo concedo, tendrá a mucha gente en su contra y, por tanto, en tu contra también.

Guy estaba observando a su primo. El mismo brillo burlón volvía a bailar en su mirada.

—En realidad, me estás sugiriendo evitar comparecer ante tu tribunal. En una palabra, me aconsejas huir. Preferentemente con Flor, lo cual te ahorraría problemas.

—A ti, sobre todo —contestó Raymond con ira—. Si no quieres entenderlo, ¡peor para ti!

—¿Y tu preboste haría la vista gorda si se lo ordenases? —se echó a reír—. Lo has nombrado y te obedece.

El abad había permanecido callado, encorvado en su asiento.

—La justicia de los hombres... —empezó con voz débil.

—¡Eso no!, abad —dijo Raymond levantándose—. Os tengo un profundo respeto, pero no os extralimitéis, ceñíos a hablar de la justicia divina. ¡Ésa sí que la conocéis! —a punto de salir ya, se volvió hacia Guy—: ¡Atiende mi consejo y procura seguirlo!

—Me lo pensaré.

Y, tras despedirse del abad, Guy salió también.

Al ver reaparecer a Raymond de Pleaux tan pronto, después de su fuerte ataque de ira,

Agnès sintió cómo se helaba su corazón. Y Spérie se temía lo peor. Pero parecía que el humor del caballero había cambiado. Sonriente, cortés, idéntico a la imagen que Agnès había tenido hasta entonces de él.

—Amiga mía —dijo—, os pido que me ayudéis a convencer a mi primo Guy de que se vaya lo antes posible, con esa chica si le importa, lo cual creo, pues ella lo tiene totalmente embrujado. Haré la vista gorda, incluso con ella.

—Irse, pero ¿por qué?

—Sería muy largo de explicar, pero, creedme, sólo le doy este consejo por el antiguo cariño que nos une y para evitarle comparecer ante mi tribunal después de detenerlo.

—¡Detenerlo!

—Y condenarlo con toda seguridad si está lo suficientemente loco para no huir. Dos asesinatos, el del peregrino y el del juglar. Los hombres de mi consejo no bromean con estas cosas.

—Pero y las pruebas...

—Desgraciadamente, las hay —zanjó

Raymond—. No digo que yo lo crea culpable, aunque tenga algunos motivos para cuestionar su inocencia. Pero, vos, amiga mía, vos estáis unida a él desde la infancia, habladle. Os escuchará. Su vida está en juego, os lo repito. Ya me costará calmar a mi preboste, lo hago por Guy —sonrió entonces— y por vos también, amiga mía; no quisiera que su muerte, y una muerte indecorosa, entristeciera nuestra boda.

Se volvió hacia la doncella, que había estado escuchando en silencio, y le dijo:

—Y tú también, Spérie, convéncele. Os dejo. Tengo muchas cosas que hacer.

Tras su marcha, hubo un silencio y luego Agnès exclamó:

—¡Guy, culpable de un doble crimen! ¡Guy, hechizado por Flor! Eso no me lo creeré nunca.

—Yo tampoco —dijo Spérie con inquietud—. Pero ¿por qué quiere el vizconde Raymond que ambos huyan? Huir es confesarse culpables...

—Y no lo son —aseguró Agnès con voz firme.

—Queda por demostrarlo, querida niña, y ni vos ni yo lo podemos hacer. Ésa es la desgracia.

—Nosotras, no —dijo Agnès pensativa—, pero sí alguien... alguien que aprecie a Guy, que sepa desbaratar los planes de ese maldito preboste, pues estoy convencida de que ejerce una mala influencia en Raymond. Alguien que sea lo suficientemente poderoso...

—Y lo suficientemente temido —continuó Spérie con una media sonrisa—. Ya sé de quién estáis hablando... Creía que os daba miedo...

—Por Guy superaré cualquier miedo. Pero dime, tú que lo conoces, ¿crees que aceptará?

—¿Ayudarnos? ¡Me jugaría la cabeza a que sí! ¡Y sólo para fastidiar al preboste!

—Entonces, está decidido. Iremos a verlo mañana, sin que se entere nadie.

Los oficios nocturnos empezaban. En la parte del coro que les estaba reservada, los monjes cantaban los versículos del salmo «Exultet Terra»:

¡Exulte la tierra! Las olas del mar rugen, el campo entero está de fiesta, los árboles de los bosques bailan de alegría ante la faz del Señor venido para juzgar la tierra...

Arrodillado en su asiento del coro, Arnould escuchaba. ¿Podía uno alegrarse, bailar en un mundo duro como el hierro en donde los odios eran siempre más fuertes que el amor? ¿Un mundo en el que las piedras caían sobre una pobre chica acusada de brujería por no cubrirse el pelo con un velo y por bailar en una barraca de feria?

... Juzgar la tierra... El Señor sí podía hacerlo, pero ¿los hombres? A él, Arnould, no le gustaba el modo como Raymond de Pleaux y su preboste llevaban la investigación sobre el doble asesinato. Experimentaba una suerte de desazón y no creía que Guy fuese culpable. Pero ¿cómo demostrarlo? ¿Y quién, entonces, era el asesino?

En muy pocas ocasiones se había sentido tan impotente, tan viejo.

Al mismo tiempo que salmodiaba con los demás, fray Jérôme pensaba que era una pena que el prior hubiese tenido que irse a Aurillac, pues habría apoyado al abad. El prior estaba en la plenitud de su vida, era enérgico y recto, aunque, según fray Jérôme, tuviese una pasión excesiva por los hermosos manuscritos y las miniaturas. Los hermanos copistas se dejaban la vista en esa tarea.

Al salir de los oficios, en vez de volver al dormitorio, se fue a la enfermería. Fray Urbain lo vio entrar, sorprendido, y aún más al oír su petición.

—¿Una poción reconstituyente para nuestro abad? No la ha pedido, no puedo infringir la regla.

—Sí puedes —dijo con decisión fray Jérôme—, si es por su bien. Si el prior estuviese aquí, se la habría dado desde hace al menos dos días. ¿No te das cuenta de que el abad está agotado? ¿No querrás que se venga abajo? Prepárame la poción y se la llevaré yo mismo. Así, me castigarán a mí y no a ti. Diré que te he obligado.

Rendido por la autoridad de fray Jérôme, al que, por otro lado, quería mucho, fray Urbain se fue a preparar la poción. Al dársela, le hizo la siguiente recomendación:

—No más de dos cucharadas, por la mañana y por la noche. Es un medicamento muy fuerte.

—Tranquilo, se lo diré.

Pese a todo, fray Jérôme estaba un poco nervioso al llamar a la puerta de la celda del abad. Arnould, a punto de meterse en la cama, se fijó en la jarra que llevaba en la mano y miró sorprendido a fray Jérôme.

Sin embargo, cuando fray Jérôme se hubo explicado, Arnould le sonrió con mucha dulzura y repitió las palabras del salmo.

—Fray Jérôme, los árboles de los bosques deberían bailar de alegría ante un corazón como el tuyo. Beberé tu poción. Duerme en paz —y lo bendijo.

Cuando a la mañana siguiente fray Jérôme inició su tarea en la portería, aún sentía el corazón reconfortado. Como de costumbre, examinó el cielo, olfateó el aire e inspeccionó con la mirada el patio del primer recinto en el que se agitaban los palafreneros y los criados. Vio cómo sacaban de la caballeriza dos caballos ensillados, con un larguero en el arzón delantero y un solo estribo. ¿Qué damas serían las que dejaban la hospedería de la abadía en aquella mañana? En los aposentos, la joven dama de Montal era casi la única moradora. ¿Se iría ya? En tal caso, habría más agitación, un ir y venir de criados, de equipaje...

Y, sin embargo, era ella la que salía, seguida de su doncella. Ambas se subieron a los caballos. Y, a decir verdad, pese a su edad, la doncella lo hizo con la misma agilidad y facilidad que su joven ama. Pensó fray Jérôme que un mulo habría sido suficiente para una sirvienta, en lugar de un caballo. Se avergonzó enseguida de un pensamiento tan poco cristiano; sin embargo, le seguía picando la curiosidad: ¿adónde podían ir? Ni para ir a la feria, mi para ir al pueblo tan cercano, habrían necesitado caballos. Podrían haber ido andando sin ninguna dificultad.

Las vio salir por la puerta del primer recinto y tomar, en la intersección de la cruz, el camino de la izquierda. Conducía a la abadía de las monjas de clausura de Reygades, en la que la madre de Raymond de Pleaux era abadesa desde hacía poco tiempo.

Fray Jérôme se sintió aliviado: seguramente iban allí. Era lo más normal ir a visitar a la madre del futuro esposo.

Pese a todo, fray Jérôme no se podía quitar de la cabeza la idea de que, más allá del monasterio de Reygades, el camino que habían tomado llevaba al castillo de Merle; allí arriba, encaramado en una roca, en ese pequeño valle inhóspito que decían infestado de mercenarios desertores.

Reaccionó. ¡Qué tonterías estaba imaginando! Sin embargo, toda la mañana sintió cierta sensación de angustia. De todas formas, le era tan extraña, que la atribuyó al tiempo: seguramente iba a nevar.

VI

EL ANILLO DE LAS TRES MERLETAS

HUGUES DE MERLE ESTABA hambriento y de muy mal humor. Volvía de caza y un gran ciervo de diez cuernas, que llevaba dos días persiguiendo, se le había escapado una vez más. Y un jabalí, que no perseguía, había lisiado tan fuertemente a uno de los caballos que había sido necesario sacrificarlo.

Por ese motivo, cuando Jacquet, que le servía de administrador y de mayordomo al mismo tiempo, vino a avisarlo de que dos mujeres llevaban esperándolo desde el inicio de la tarde, el señor masculló:

—Échalas. No necesito mujeres esta noche. ¡Mejor si me traen de comer!

—Es que... —empezó diciendo Jacquet— se trata de la joven dama de Montal y su doncella.

Hugues se quedó sin habla un instante, y luego la recobró para gritar con fuerza:

—¿Y por qué no me lo has dicho antes? ¡Animal! Te mereces el látigo. ¿Dónde están?

—En la primera sala.

Hugues se precipitó hacia allí vociferando de nuevo:

—¿Qué estáis haciendo aquí las dos? ¿Y dónde habéis dejado a los hombres de vuestra escolta? ¿No se han atrevido a entrar?

—No tenemos escolta —explicó Agnès.

—¡Que no tenéis escolta! ¿Habéis venido solas de Hautefage hasta aquí? ¡Estáis locas! ¡Os podían haber atacado diez veces! El bosque está lleno de mercenarios desertores. Spérie, andas mal de la cabeza. ¿Y cuál es el motivo de tanta prisa para venir hasta Merle? Y tú, chiquilla, me habían dicho que yo te daba miedo.

—Es cierto, pero temo aún mucho más por vuestro sobrino Guy. Vos sois el único que puede ayudarlo. Lo acusan de los dos asesinatos, el del peregrino y el del juglar al que descubrieron ahogado la otra mañana.

—Eso ya lo sabía. Mis hombres me lo han contado. Pero de ahí a acusar a Guy... Y a tu querido vizconde, a tu prometido, al que tiene derecho de alta justicia en toda la región, ¿le cuesta tanto sacarlo del apuro, que tienes que recurrir a mí?

Agnès bajó la mirada.

—No lo quiere admitir, pero pienso que lo cree culpable.

—Entonces, ¡es aún más bobo de lo que yo creía! ¿Tiene pruebas? Explícamelo todo con detalle, desde el principio.

Agnès se lo contó y dijo para terminar:

—Raymond no ve otro medio para salvarlo que ayudarlos a huir antes de que los detengan, a él y a esa chica española a la que la gente toma por bruja.

—¡Vaya, vaya! ¿Es el abad el que dice que es una bruja?

—No; es más, ha aceptado hospedarla en Hautefage. Se trata de un pueblo libre, y le sirve de refugio. Mientras ella no salga del recinto, nadie puede detenerla.

—Siempre he pensado que Arnould era un hombre justo y tolerante; lo segundo es una virtud menos frecuente aún. ¿Y no puede hacer nada por Guy?

—Señor, si él pudiera —dijo Spérie, que

empezaba a mostrarse impaciente—, ¿creéis que estaríamos aquí? ¿Creéis vos que os hemos esperado, gustosas, en compañía de vuestros salvajes? Cuando os oigo hacer todas esas preguntas, ¡se me acaba la paciencia! Si no queréis ayudarnos, ¡nos vamos!

Hugues de Merle frunció el ceño y Agnès se puso pálida. ¡Spérie debía de haber perdido la cabeza para enfrentarse así a ese hombre colérico, aunque en otros tiempos hubiesen bebido de la misma leche!

Se sobresaltó al oír la risa de Hugues. Una risa violenta que lo sacudía entero. El caballero dio una fuerte palmada en el hombro de Spérie.

—Y dime, pastora, ¿qué haríais si os dijera «iros pues»? Pero no lo haré. Quiero a mi sobrino y no me gusta ver que su primo le aconseja huir; eso es lo mismo que confesarse culpable.

—¿Qué os decía? —preguntó Spérie a Agnès—. Es lo primero que uno piensa.

—Señor —dijo Agnès dudando un poco—, creí al oíros la otra mañana ante el peregrino muerto..., pero seguramente me equivoqué... Creí, perdonadme, que lo conocíais. Es otro de los motivos por los que he venido a veros.

—Tienes buen ojo, o buen oído, chiquilla. Y no te has equivocado. Sí, lo conocía. Una historia muy antigua de traición y bandidaje que le valió una buena paliza de mi parte. Fue lejos de aquí, en la época de mis primeros torneos. El hombre era un auténtico canalla y no debió de cambiar mucho. Cuando vi su cadáver, no me creí su hábito de peregrino. Un disfraz más. Ni tampoco me creí su misión de justicia... Y ahora que conozco todo el asunto, lo que les dijo al juglar y a la chica, lo que yo pienso es que se enteró de un secreto, de un crimen seguramente, de un crimen que quedó impune, y que lo mataron cuando él intentaba vender su silencio.

Permaneció callado un momento, y luego, con un tono de voz distinto, añadió:

—Spérie, tú que conoces a mi hermana Alix, la señora de Pleaux, desde la infancia, ¿no te sorprendió que entrase en el convento, tan repentinamente, tras la muerte de Géraud, su hijo mayor? Aquella decisión no tenía nada que ver con su forma de ser.

—Ella es como vos, señor, violenta y dura; pero, al igual que vos, también es recta y leal. Y, ya que me lo preguntáis, más de una vez pensé que quería expiar el hecho de que no amaba a su hijo mayor porque era enclenque y cojo, y, en cambio, estaba orgullosa de su segundo hijo, Raymond de Pleaux, que era apuesto.

—Lo sigue siendo —dijo Agnès.

Hugues la miró y esbozó una sonrisa burlona:

—Por eso estás aquí y me pides que intente salvar a Guy. Ya lo sospechaba al veros a los tres el otro día: ¡habrá pelea de gallos! ¡No pensaba que pudiera ser tan violenta! Bueno, a todo esto, yo me muero de hambre, y me figuro que vosotras también. Comamos, y después nos las arreglaremos para organizar vuestro regreso a Hautefage sin que Raymond se entere de vuestra visita.

Conforme avanzaba la tarde, iba creciendo la desazón en fray Jérôme. ¿Dónde habrían ido aquellas damas? ¿Por qué no estaban de vuelta aún?

No sabía si avisar al abad, por miedo a

darle más motivos de preocupación. Sin embargo, desde la muerte de sus padres, Agnès de Montal estaba bajo la protección directa del abad de Hautefage, hasta su boda con el vizconde de Pleaux en la próxima Pascua.

El día se estaba poniendo oscuro, empezaba a nevar, la hora de las vísperas se estaba acercando. Debería ir pronto a los oficios. ¿Qué podía hacer?

Miró una última vez por la puerta pequeña y las vio entrar por la entrada del primer recinto. Su alivio se convirtió en estupefacción cuando se dio cuenta de quién las escoltaba: el mismo señor de Merle acompañado de varios de sus hombres.

Fray Jérôme no pudo aguantarse y fue a su encuentro.

—Señor Hugues de Merle, ¿debo avisar al abad de vuestra llegada?

Sin desmontar de su caballo, Hugues le gritó:

—¡Déjale rezar! Dile simplemente que le he traído a estos dos pajarillos que se habían extraviado por salir demasiado tarde del monasterio de mi hermana; la creía más sensata. ¡Todas las mujeres están locas!

Y se marchó con sus hombres.

Los palafreneros estaban ayudando a las dos mujeres a bajar de sus caballos. Fray Jérôme se alejó sin preguntar nada más, pues estaba convencido, para sus adentros, de que el señor de Merle había mentido.

Thomas *El Rojo* puso el bastón del peregrino en el tronco de roble que le servía de apoyo para cortar leña y empezó a astillarlo para que no lo pudieran reconocer. Le costaba trabajo, pues las maderas blancas son más duras de lo que se piensa y el bastón era bastante grueso. Se daba prisa porque temía ver aparecer a uno de los hombres del preboste, tal y como le había amenazado Taillefer.

Descansó un momento y, pese al frío de la mañana, se secó la frente sudorosa con el revés de la manga. El cielo bajo presagiaba nieve.

Oyó demasiado tarde el galope del caballo y el señor de Merle estuvo frente a él antes de que pudiera mover un dedo. Cuando lo vio saltar de su caballo y sintió cómo lo asía del brazo, todo el cuerpo de Thomas *El*

Rojo empezó a transpirar. Hugues de Merle le daba cien veces más miedo que los hombres del preboste, y le vinieron a la memoria un montón de historias llenas de crueldad que le habían contado al oído, pues nadie se habría atrevido nunca a hacerlo en voz alta.

—Por lo que veo, te preparabas para ir de peregrinación. No es la época —dijo Hugues, y cogió el bastón sin soltar el brazo de Thomas—. ¿Dónde lo encontraste? ¿En el bosque, al lado del cuerpo, la noche en que espiabas al señor de Servières y a su escudero? No lo niegues, me sé la historia. Pero quiero oírla con tus propias palabras. No olvides esta vez lo del bastón. De esto no hablaste al preboste. ¿No te dieron los suficientes latigazos como para hacerlo? A mí me lo vas a contar ¡y rápido! No soy paciente.

Temblando de miedo, empezó a hablar, aunque, eso sí, no mencionó el anillo. Esperaba poder guardarlo; pero no le sirvió de nada. Hugues se había dado cuenta del agujero hecho en el extremo superior del bastón. Soltándole el brazo a Thomas, le cogió por la oreja y lo sacudió tan fuerte que casi se la arrancó.

—¿Qué es lo que había en este agujero? Dilo antes de que te corte los dedos de la mano, uno tras otro. Ya me conoces, lo haré.

En aquel momento, Thomas *El Rojo* se vio perdido.

—Un anillo —respondió.

—¿Dónde está?

Lo primero que pensó decir Thomas fue: «Lo he perdido», pero, al ver la cara burlona del señor de Merle, se sintió descubierto y confesó:

—Lo he escondido.

—¿Dónde?

—En mi choza.

—Vamos a buscarlo.

Entraron. Thomas se arrodilló, escarbó en la tierra, sacó el anillo y se lo tendió a Hugues. Pese a su miedo, estaba deseoso de ver la reacción del bandido al descubrir sus armas grabadas en el anillo. Pero se vio defraudado.

Hugues lo miró sin decir nada y lo metió en la bolsa que le colgaba del cinturón.

—Si se lo comentas a alguien, eres hombre muerto.

Thomas vio cómo se alejaba tras subir a su caballo. Pensó que nunca sabría cuál era la palabra que estaba grabada dentro del anillo. Y, resignado, siguió cortando el bastón. Junto con los golpes recibidos, era lo único que le quedaba.

La llegada del señor de Merle al monasterio de monjas de clausura de Reygades provocó igual turbación que si el mismísimo diablo, con sus cuernos y su horca, hubiese llamado a la puerta.

La hermana tornera creyó desmayarse; luego hubo un revuelo asustado de velos blancos y hábitos de burda lana por las galerías del claustro.

La única en conservar la calma fue la madre abadesa. ¡Ya conocía a su hermano! Para que apareciera así en su convento, debía de haber un motivo de peso. Sin alterar la voz, ordenó a la hermana tornera que lo dejase entrar y se preparó a enfrentarse con él.

No se perdió en rodeos y fue directamente al grano:

—Alix, hace cinco años tu hijo Géraud

murió en un accidente de caza, y Pierre de Livrade, su escudero, se sintió tan desesperado que, poco tiempo después, abandonó el castillo de Pleaux y también el país. Nadie lo volvió a ver y nadie se extrañó. Lo que más sorprendió fue tu decisión repentina de huir del mundo para encerrarte aquí.

Ella permanecía en silencio.

—Alix, intenté entender; pues tú eras mi hermana preferida y nos parecemos. Nos gustaban los mismos juegos rudos, la caza, los caballos, los largos paseos al galope. También tenemos en común el mismo orgullo que nos hizo conservar la cabeza alta ante la adversidad. No sabemos doblegarnos al igual que tantos otros; nosotros, no.

Ella seguía callada.

Él sacó de su bolsa el anillo que le cogió a Thomas.

En aquel momento, al verlo, su hermana no pudo contener un gesto de sorpresa.

—Este anillo, en el que hice grabar tu nombre, Alix, te lo di el día de tu boda con Aymar de Pleaux. Y te hice prometer que se lo darías a tu primer hijo para que él tampoco olvidase que, por ti, era de nuestra estirpe, de nuestra sangre, de la sangre de los señores de Merle.

Ella juntó las manos; fue la única señal de emoción que manifestó.

—Este anillo, según tu promesa, se lo diste a tu hijo Géraud cuando cumplió quince años. No tuviste que ensancharlo. Era un adolescente flacucho, con dedos de chica, soñador, no poseía ni tu fuerza, ni tu violencia. No compartía ninguno de tus gustos. Era Raymond el que se te parecía. A él lo querías. No sentiste pena por el fallecimiento de Géraud, pues así Raymond se convertía en heredero de Pleaux y del vizcondado. Los días que siguieron a su muerte no podías disimular tu felicidad. Entonces, ¿por qué entraste en el convento bruscamente, poco tiempo después?

—¿A qué viene esta pregunta ahora? ¡Deja que los muertos duerman en paz!

—No, si los vivos están amenazados. Una persona acaba de cometer dos asesinatos porque el anillo la delataba y quería recuperarlo. Dime: cuando trajeron el cuerpo de Géraud de Pleaux, ¿nadie se fijó en que no lo llevaba?

—No, ni siquiera yo. En la conmoción general y en el desorden que siguió, ¿quién habría pensado en eso...? —pareció turbada y murmuró—: Quizá fue Pierre quien se lo quitó...

—¡Claro, su escudero! —exclamó Hugues—. ¡Ya empiezo a entender! Y no por fidelidad, sino para protegerse... Alix, ¡ya no puedes callarte! ¡Dime lo que sabes!

Pero ella ya se había dominado.

—Si debo rendir cuentas, es a Dios, y únicamente a Él, al que debo rendirlas. Ahora ¡vete!

VII

EL ASESINO DESENMASCARADO

EN LOS DIAS DE INVIERNO o de mal tiempo, el tribunal no se celebraba al aire libre en la escalinata, sino en la gran sala del castillo de Pleaux.

Era una sala de grandes dimensiones y bastante austera. Sus paredes estaban pintadas con frescos en tonos ocre y rosáceo, y el bermellón de la madera del techo era la única nota de color. Las armas de Pleaux adornaban la chimenea de piedra y, por las estrechas aberturas, que unas contraventanas cerraban por la noche, entraba una luz escasa. Por este motivo, unos hachones de resina ardían en hacheros de hierro colgados de las paredes, y sobre los arcones había velas colocadas en palmatorias de cobre.

Sin embargo, aquella mañana de nieve y viento, la principal fuente de luz provenía de la chimenea en la que unos leños enormes ardían con una llamarada roja y chispas doradas.

Se había situado la mesa de manera que los miembros del consejo de justicia pudieran ver con claridad y, al mismo tiempo, tuvieran cierto calor a sus espaldas. Ya estaban presentes los principales miembros, caballeros en su mayoría. Algunos de ellos eran muy mayores, como Renaud, del señorío de Alayrangues, que había sido, en su juventud, escudero del príncipe de Antioquía, o Simon, del feudo de Morcoeur, con el que el padre de Raymond, Aymar de Pleaux, había aprendido el arte de la caballería. También estaban un poderoso mercader de paños y Pradel, el maestro orfebre de más fama de la región, ambos en representación del pueblo de Miegemont, el más importante del vizcondado de Pragne.

Todo el mundo esperaba de pie la llegada de Raymond de Pleaux. Únicamente los letrados, encargados de los registros, estaban sentados en un banco apartado, con una vela para alumbrar su mesa.

La sala se iba llenando paulatinamente

con gente del pueblo y de las aldeas próximas, todos hombres libres, vinculados por su derecho de presencia, aunque habían venido también para presenciar el espectáculo, al igual que se va a la iglesia un día de fiesta.

Por fin apareció Raymond de Pleaux, rodeado por los caballeros de su mesnada, sus escuderos y sus ayudantes de armas. Con su habitual elegancia, vestía una amplia túnica de brocado carmesí, ceñida a la cintura con un cincho guarnecido de turquesas. Calzaba también zapatos de terciopelo. Sobre su cabellera morena, llevaba un simple sombrero adornado con una pluma de faisán.

Se fue a su sitio, en el extremo de la mesa; saludó a los miembros del consejo de justicia y se sentó en el sillón en cuyo respaldo estaban esculpidas sus armas.

El resto de su séquito se sentó junto a él, en haces de paja colocados para la ocasión.

A la luz cambiante de las llamas, las sombras alteraban las facciones de Raymond de Pleaux, el cual parecía preocupado.

De hecho, llevaba una semana profundamente irritado. Se había visto obligado a celebrar un juicio que no deseaba. En primer lugar, porque Guy se había negado a huir, tal y como se lo había aconsejado él; y también porque el preboste tenía prisa por acabar con un juicio que consideraba ganado de antemano; tan seguro estaba de sus acusaciones.

Cuando había querido arrestar a Guy, no pudo hacerlo. El abad, que lo hospedaba en Hautefage, se había negado en rotundo a entregarlo a los hombres del preboste. Y Raymond no se atrevió a usar la fuerza y correr el riesgo de provocar un escándalo al notar cómo crecía en torno suyo una hostilidad casi generalizada. Sin ir más lejos, el día anterior había constatado con gran disgusto cómo, tanto Renaud de Alayrangues como Simon de Morcoeur —los más respetados del consejo por su edad— estaban más dispuestos hacia Guy que hacia el preboste. Pensaban que sus acusaciones eran muy discutibles y lo habían manifestado sin rodeos.

¡Y también estaba Agnès! Una espina más en una corona que ya tenía muchas. Se mostraba de una hostilidad tan evidente que Raymond acabó preguntándose cómo reaccionaría en el caso de que Guy fuera condenado. ¿Se negaría a casarse con él? Con el apoyo de Arnould podía hacerlo. Nadie ignoraba que el rey Enrique respetaba al abad de Hautefage. Había ido dos veces a la abadía durante su estancia en Aquitania. Si Arnould solicitaba la aprobación del rey, la conseguiría. Y, aunque el rey Enrique estuviese acabado y enfermo, aunque tuviese el cuerpo cubierto de pústulas, seguía siendo el amo indiscutible. Ante sus decisiones soberanas, forzoso era doblegarse. O rebelarse para unirse al partido del príncipe Ricardo, sublevado una vez más contra su padre, con la ayuda del rey de Francia. Pero eso suponía correr el riesgo de perderlo todo. Raymond no podía decidirse a ello y su boda con Agnès era para él de suma importancia. El señorío de Montal era uno le los más importantes del país, tras el vizcondado de Pleaux. Aquella alianza, prevista desde hacía mucho tiempo entre la heredera de Montal y el primogénito de Pleaux, en un principio Géraud y ahora él, supondría grandes ventajas para ambos señoríos. No quería perder aquella oportunidad.

Había conseguido licencia para que Agnès no asistiese al juicio —lo cual hubiese sido impropio—, pero ella había mandado a Spérie, que estaba presente en el fondo de la sala, entre la multitud de pobres. Él habría preferido ordenar a los hombres del preboste que echasen a todos a bastonazos. Pero aquello habría supuesto transgredir el derecho y exponerse a una revuelta.

Y mientras el preboste se colocaba ante el consejo y el heraldo estaba a punto de llamar a Guy, Raymond echaba pestes contra su primo, responsable de tanta confusión. ¿Qué necesidad había tenido de sacar el cadáver del peregrino del matorral en el que estaba escondido para exponerlo a la vista de todos? Peor aún había sido llevarlo delante del muro de la abadía, para complicar más el problema. Ya se sabía cuán deseosos de cuidar de sus prerrogativas estaban los abades de Hautefage. Por aquel motivo, Arnould había reunido y presidido rápidamente al tribunal eclesiástico, para que se lavara a aquella muchacha española de toda sospecha de brujería. En la gran sala del castillo de Pleaux, todos estaban esperando a Guy de Servières. Ante la estupefacción general, fue Hugues de Merle quien apareció, escoltado por sus hombres y vestido como siempre, aunque tenía el pelo y la barba menos revueltos que de costumbre y, en lugar de su navaja de caza, llevaba una espada magnífica en el costado.

Se acercó a la mesa del consejo, se inclinó ante los caballeros de más edad y, luego, ante Raymond.

—Querido sobrino —dijo con su voz estentórea—, aquí estoy para hacer uso, una vez, del derecho ancestral de los señores de Merle, y para ocupar en tu consejo el lugar que me es debido.

Se hizo el silencio y todos pudieron fijarse en las facciones de Raymond, repentinamente tensas. Sin embargo, se repuso enseguida.

—Querido tío, me honráis tan pocas veces con vuestra presencia que no puedo sino alegrarme de vuestra repentina decisión. Tomad asiento entre nosotros.

Un escudero trajo un taburete y Hugues de Merle se sentó, mientras sus hombres se unían a la multitud.

El heraldo gritó dos veces:

—¡Señor Guy de Servières!

Guy avanzó con un andar flexible, casi de bailarín, y las mujeres del público señalaban con el dedo la hoja de acebo que adornaba su sombrero y murmuraban: «Como antaño, cuando tenía quince años...». Mientras tanto, el preboste se ponía colorado de exasperación. ¡Aquella hoja de acebo era como reírse en las barbas de la justicia y de la autoridad!

Cuando Guy estuvo ante el consejo, Raymond se levantó y dijo:

—Guy de Servières, estás ante nuestro consejo para responder a la acusación, hecha contra ti por el preboste Guillaume Taillefer, de doble asesinato. Primero, contra un peregrino desconocido, y, luego, contra un juglar llamado Jean *El Pajarillo*. Antes de oír lo que tienes que alegar para tu defensa, el consejo debe escuchar toda la acusación. Señor Guillaume Taillefer, hablad.

Le tocó al preboste acercarse y repitió toda la argumentación, expuesta ya al abad de Hautefage. Los miembros del consejo escuchaban callados. Cuando el preboste hubo acabado, Renaud de Alayrangues dijo:

—Señores, antes de hacer ninguna pregunta relativa a una acusación que sólo me convence a medias, propongo que oigamos lo que Guy de Servières tiene que alegar para su defensa.

—Sí —dijo Hugues de Merle—, pues ¡acabamos de escuchar el cuento más increíble que he oído nunca!

El preboste enrojeció de nuevo y dijo:

—¡Bien puede hablar así el señor de Merle! Señores, ¿debe uno hacerse bandido para tener derecho a sentarse entre vosotros?

Raymond frunció el ceño y ordenó:

—Preboste, haced el favor de callaros. Vais más allá de lo que os permiten vuestras funciones.

Como las palabras del preboste habían levantado murmullos y gestos violentos entre los hombres de Hugues de Merle, éste se incorporó y dijo:

—Gracias, querido sobrino, pero no necesito tu ayuda para defenderme. Bandido tal vez, preboste, y estoy orgulloso de serlo si eso significa defender a mis campesinos en mis tierras contra aquellos que saquean sus bienes, arrasan sus cosechas, violan a sus hijas mientras tus hombres persiguen a cazadores furtivos o a criminales imaginarios. ¡Menuda carne de horca!

Y volvió a sentarse mientras murmullos de aprobación recorrían el público y Simon de Morcoeur, que había tenido varias disputas con el preboste, decía a media voz, aunque con intención de hacerse oír:

—¡Bien dicho! Taillefer, ¡apréndete la lección!

El preboste estaba enfurecido, pero no contestó nada. Entonces, Guy de Servières dijo:

—Señores, tal y como expliqué ya al abad Arnould de Hautefage, no conocía a ese peregrino, y fue de casualidad, persiguiendo una liebre, como Pons, mi escudero aquí presente, y un servidor, encontramos el cadáver. Por respeto cristiano, para que no se pudriera como un animal en un matorral, lo llevamos a la abadía y, también, debo decirlo, porque ese cuerpo escondido demostraba el deseo del asesino de ver su crimen impune.

—No podemos sino aprobar esa decisión tuya, te portaste como un caballero —lo interrumpió Renaud de Alayrangues—. Pero ¡continúa!

Fue en ese momento cuando Guy evocó España, su conversación con Flor a orillas del río, la desaparición de El Pajarillo y cómo pensó que sólo podía estar relacionada con las palabras imprudentes pronunciadas por el juglar.

—Con ellas, señores, firmaba su sentencia de muerte. El que lo mató quería impedir que contara más cosas.

—Quizá —dijo uno de los caballeros—, pero ¿qué prueba tenemos de que no había inventado aquella historia de la dama y del anillo? Además, ¿qué dama? Es poco concreto. El anillo ¿dónde está? Nadie lo ha visto o es que ha desaparecido. ¿Cómo creerlo?

El preboste se inclinó y comentó:

—Señores, ése fue el argumento que yo mismo opuse a la versión del señor de Servières. No pudo responderme y, para mí, todo es pura invención.

—Preboste —intervino Hugues de Merle—, ¿cuándo dejarás de equivocarte? Seguramente el juglar no vio ese anillo, porque el peregrino procuró no enseñarlo; pero existe. ¡Aquí está!

Y mostró a los presentes el anillo que le había cogido a Thomas *El Rojo*.

—Era el anillo que Géraud, tu hermano, llevaba desde que tenía quince años. ¿Lo reconoces?

Raymond miraba fijamente el anillo, con cara estupefacta, y preguntó:

—¿Cómo está en vuestras manos? ¿Por qué mi hermano no fue enterrado con él? ¿Quién se lo quitó del dedo y por qué?

—Yo también me hice las mismas preguntas.

Raymond lo miró desafiante y dijo:

—¿Y qué respuestas habéis encontrado?

—Las que he encontrado no te van a hacer mucha gracia —se levantó y siguió—: Señores, este anillo, que lleva grabadas las tres merletas de nuestro linaje, me obliga a volverme contra un hombre de nuestra sangre. Y soy yo, Hugues de Merle, al que todos llaman el señor bandido, quien hoy se avergüenza de verte a ti, Raymond de Pleaux, presidir un tribunal de justicia, pues te acuso del triple asesinato de tu hermano Géraud, del peregrino y del juglar.

En aquel momento, el público se quedó atónito; luego, se inició un alboroto general. Las mismas palabras se oían por doquier: «infamia», «vileza», sin que se supiera muy bien a quién iban dirigidas. Los caballeros del séquito de Raymond se habían levantado, amenazando a Hugues, cuyos hombres, por su lado, se iban acercando al tribunal. La refriega amenazaba con generalizarse.

—¡Silencio! —vociferó Hugues—. Y tú, Raymond, ¿qué me respondes?

—Para salvar a Guy, ¡estáis dispuesto a imaginar cualquier cosa! —y se volvió hacia los miembros del consejo—. ¿Quién sabe si este anillo es de mi hermano? El señor de Merle pudo pedir que uno de esos venecianos, a los que sabe extorsionar con tanta maña, le grabase otro igual.

Sin responder al insulto, Hugues replicó con calma:

—Son sobre todo mercaderes de especias

antes que orfebres, pero aquí tenemos a uno. Maese Pradel, ¿podéis examinar este anillo y decirnos si es antiguo o nuevo?

El maestro orfebre cogió el anillo con mano temblorosa y, sin atreverse a mirar a Raymond de Pleaux, comentó:

—Se sabrá enseguida si es antiguo. Los metales se desgastan con el uso, y la plata, más rápidamente que cualquier otro.

Mientras examinaba el anillo, el silencio que reinaba en la sala imponente del castillo de Pleaux se había hecho tan denso que el chisporroteo de los hachones de resina y el chasquido de la leña que estaba ardiendo se volvieron de una intensidad inusual.

—Este anillo es antiguo y lo han llevado puesto durante mucho tiempo.

Raymond de Pleaux se encogió de hombros.

—¿Y eso demuestra que he cometido los tres delitos de los que me acusa Hugues de Merle, mi tío? Señores, ¡os toca decidir!

El alboroto se hizo más fuerte aún. Los miembros del consejo se consultaron en voz baja y, luego, Renaud de Alayrangues impuso el silencio y dijo:

—Hugues de Merle, acabas de proferir una acusación tan grave que no podemos creer que la hayas inventado. Aparte del anillo, ¿en qué te basas?

—En algunos hechos concretos y un razonamiento. En primer lugar, debéis saber todos que a ese peregrino yo lo conocía. Lo conocí durante un torneo que el conde de Champaña había organizado en Provins. Formaba parte de esa fauna que revolotea alrededor de los caballeros, con la esperanza de poder sacarles el dinero que unos han perdido y otros han ganado. Yo había ganado algo y ése intentó robármelo con malas artes, con alevosía. Luego, al darse cuenta de que lo había pillado, intentó matarme con idéntica alevosía. Nunca, en mi vida, había azotado a un hombre libre, pero a ése le di en la cara el mayor latigazo que he dado nunca. Le quedó una marca en la mejilla y en la frente. Aparte de que me acordaba perfectamente de su cara, no me costó nada reconocerlo la otra mañana. Fue cuando empecé a tener las primeras sospechas. Nunca semejante ladrón se habría hecho peregrino. Y eso de que iba a cumplir una misión de justicia, ¡eso sí que no me lo podía creer!

—Señores —intervino el preboste—, nos estamos alejando del crimen.

—¿Eso es lo que a ti te parece, preboste? ¡Pues a mí no! La segunda sospecha me vino cuando, al enterarme del papel de Thomas *El Rojo* en el asunto, yo también, señor Taillefer, le hice preguntas. Y tuve más olfato que tus hombres y con menos golpes. Fue él quien encontró el anillo escondido en el bastón del peregrino y que, por prudencia, había evitado enseñar cuando, al llegar al castillo de Pleaux, te encontró a ti, Raymond, y no a la dama. Ya no necesitaba más pruebas, tenía al asesino ante él. Y lo sabía. Estaba dispuesto a chantajearte, Raymond, por si no se te había ocurrido.

Raymond lo escuchaba con una leve sonrisa desdeñosa en los labios.

—¿Un simple anillo os permite acusarme? —preguntó.

—De pronto, empecé a pensar en tu hermano y en ti, en vuestras condiciones tan diferentes. Tenías todas las cualidades y Géraud, ¡tan pocas! El caballero brillante eras tú, pero él era el primogénito. A la muerte de vuestro padre, Aymar, todo le correspondía: los feudos, el vizcondado, el poder y el dinero. Tú debías conformarte con el destino reservado a todos los segundones: o quedarte en Pleaux, como mero caballero, o irte a buscar fortuna en los torneos. No pudiste soportarlo. Todo se mezcló en ti: celos, ambición, rebeldía. Y planeaste aquel accidente de caza. Fue una maniobra hábil. Todo el mundo se lo creyó. Hasta yo. Aunque, en aquel momento, me pareció raro que Pierre de Livrade, que aquel día cazaba con él, hubiese abandonado Pleaux tan rápidamente tras la muerte de Géraud. Aquello parecía una huida. Y aún más extraña fue la decisión tan repentina de la dama de Pleaux, Alix, tu madre, de entrar en el convento de Reygades. Sólo un acontecimiento grave podía haberla incitado a ello.

Raymond se irguió furioso y amenazó:

—Os prohíbo hablar de mi madre.

De repente, una voz se levantó sobre las demás:

—Y a mí, ¿qué me puedes prohibir?

La multitud se apartó ante una mujer envuelta en una capa oscura cuya capucha acababa de echar hacia atrás, descubriendo las facciones de Alix de Pleaux, la abadesa de Reygades, aún en toda su belleza.

Se acercó a la mesa del consejo y le hizo frente a su hijo; todos pudieron constatar hasta qué punto se parecían.

—¿Me puedes prohibir decir en voz alta lo que llevo cinco años callando, expiando mi propio silencio en el silencio del claustro? Lo que oculto desde aquella noche en la que, en este mismo lugar, te vi en el vano de una de estas ventanas con Pierre de Livrade. Entonces oí cómo te acusaba del asesinato de tu hermano, cómo te amenazaba con denunciarte, y cómo tú le ofrecías mil libras, cantidad considerable, para que no hablase y se marchase. Aceptó el trato, se calló y se fue. Ninguno de los dos os habíais percatado de mi presencia, y si yo tampoco dije nada fue por amor a ti y también por orgullo, por no ver mancillado el linaje que yo te había transmitido. Y habría seguido callándome si no me hubiese enterado de esos dos nuevos crímenes. En las palabras que refirió el juglar, era yo la dama, y el moribundo que le entregó el anillo era Pierre de Livrade. Ya no me podía callar. Era el castigo de Dios por mi orgullo.

—Madre, decís que me queréis y, sin embargo, me condenáis. ¿Me creéis culpable?

—¿Te atreverías a decir que no lo eres?

Ahora se desafiaban. Eran idénticos, poseían idéntica belleza, idéntico orgullo.

En la sala, todos contenían el aliento.

Raymond dijo con violencia:

—Sí, me atrevo.

—¡Pues que Dios te guarde de su ira! Pero yo, tu madre, ¡te maldigo, Raymond de Pleaux!

Y abandonó la sala, en medio de un silencio ahora lleno de espanto. Hasta Hugues de Merle tenía la cabeza agachada.

Guy de Servières, que había permanecido inmóvil durante todo el tiempo, se repuso y se volvió, él también, hacia su primo.

—¿Por qué empeñarte en negar lo que la verdad está clamando? Desde el primer momento, era evidente que los asesinatos del peregrino y del juglar estaban relacionados. El único punto oscuro consistía en saber lo que el peregrino debía revelar: algo tan grave que supuso su muerte; y a quién debía revelarlo, además. El anillo aportaba la respuesta. A partir de ahí, todo se encadenaba. Para liberar su alma de un silencio que le hacía cómplice de un terrible pecado, un fratricidio, Pierre de Livrade, agonizando, intentó sacar a la luz la verdad que creyó ser el único en poseer. El hábito del peregrino le infundió confianza. Le entregó el anillo, le contó el crimen, le mandó a Pleaux para hablar con la dama Alix, sin saber que llevaba cinco años encerrada en un convento. El peregrino lo ignoraba también. Podemos imaginar su estupefacción, quizá incluso su inquietud, cuando se encontró ante un señor joven que era el asesino. Poco le importaba la misión de justicia. Quería dinero y no se fiaba. Aunque no desconfió lo suficiente. Tú, Raymond, supuestamente querías negociar. Lo mataste con la daga que quizá llevabas en el cinturón...

En aquel momento, Raymond desenvainó

su daga y se echó sobre Guy gritando con toda su fuerza:

—¡Y voy a usarla otra vez!

Pero Hugues de Merle, que no le había quitado los ojos de encima durante el relato de Guy, fue más rápido y, sacando su espada, le atravesó el cuerpo.

Raymond cayó al suelo, fulminado.

Uno de los escribanos exclamó:

—¡El juicio de Dios!

Los asistentes repitieron la exclamación. Hugues de Merle hizo una mueca y murmuró:

—¡Con la ayuda de mi espada!

Luego, se acercó a Guy, le dio una palmada en el hombro y le dijo:

—Ahora estás limpio de toda sospecha, eres libre.

—Si no hubiera sido por vos... —empezó Guy.

Hugues lo cortó con un gesto, miró el cuerpo de Raymond y sentenció:

—Pérfido y desleal hasta el final... ¡Un hombre de mi propia sangre!

Spérie, que había acudido, dijo con presteza:

—Señor de Merle, ¿condena una fruta podrida el árbol que lo engendró?

—Quizá tengas razón. Pero estoy pensando en Alix.

Luego, llamó a sus hombres y abandonó la sala sin despedirse de nadie.

EPÍLOGO

EL DÍA DE PENTECOSTÉS del año 1189, Arnould, abad de Hautefage, casó a Agnès de Montal y a Guy de Servières. El rey Enrique II de Inglaterra se estaba muriendo y su hijo Ricardo no podía sino perdonar a quien había servido al rey de Francia, que seguía siendo, de momento, su aliado.

Guy recuperaba sus bienes y añadía a éstos el vizcondado de Pleaux, que se había quedado sin heredero. Pero, aunque hubiese tenido que seguir errando, Agnès lo habría acompañado con idéntica ilusión. Salvo, quizá, a España... Este país había estado a punto de costarles muy caro. Y, además... Flor... ¡Una pizca de celos no le sentaba nada mal a la joven esposa de un señor que encuentra gracioso adornar su sombrero con una hoja de acebo, como si tuviera quince años!

Ese mismo día, Flor iba camino de Toledo. Pues, fiel a su promesa, el cambista Garin se la llevó con él.

Por lo que respecta al señor de Merle, para su boda regaló a Agnès un collar de oro cincelado, cuyo origen era preferible ignorar...

Tras el banquete, los rezos y la bendición de los nuevos esposos, Agnès y Guy abandonaron la abadía. Desde la portería, fray Jérôme los vio alejarse, sonrió y pensó que los asesinatos, que eran seguramente obra del diablo, tenían a veces un lado bueno.

Í@dice

Títulos publicados

Fantasía

1. Camaleones *Kate Thomson*
2. La colina de Belin *Catherine Fisher*
3. El hijo de la Hechicera *Catherine Fisher*
4. La criatura de las tinieblas *Catherine Fisher*
5. El caballero que quería volar *Andrés Llamas*
6. Ladrones de almas *Catherine Fisher*
7. El jardín de medianoche *Philippa Pierce*

Humor

1. Caralampio Pérez *Juan Muñoz Martín*
2. Mi casa parece un zoo *José María Plaza*
3. El inspector de mentiras *Fernando Pulin*
4. Internet y salchichas al curry *Joachim Friedrich*
5. Svenia se ha enamorado *Christian Bieniek*
6. Un corte de pelo y una sonrisa *Carlos Puerto*
7. El laboratorio del doctor Nogueira *Agustín Fernández Paz*

Misterio

1. Cartas de invierno *Agustín Fernández Paz*
2. Voces de la nada *André Minninger*
3. La tumba vacía *André Marx*
4. Amsterdam Solitaire *Fernando Lalana*
5. ¿Quién acecha los sueños? *Sue Welford*
6. Un cadáver en el sótano *Norah McClintock*
7. Las pistas del diablo *Ben Nevis*

Ciencia ficción

1. Las voces del futuro *Jordi Sierra i Fabra*
2. El factor fusión *Carol Matas*
3. Viaje a Zanu *Carol Matas*
4. Yo, y nadie más *Carol Matas*
5. La ciudad de las estrellas *Sue Welford*
6. Experimento Hex *Rhiannon Lassiter*
7. Nox perpetua *Javier Negrete*